Edgar W

Dan le sosie

Double Dan

ISBN : 978-3-98881-943-7

10   9   8   7   6   5   4   3   2   1

Edgar Wallace

Dan le sosie

Double Dan

Table de Matières

I. Une faible orpheline

– C'est une orpheline, articula Mr Collings d'un ton ému.

Les orphelines étaient le point faible de Mr Collings. Dans les rapports qu'il entretenait, comme avoué, avec ses clients, c'était un homme d'apparence sévère et réservée. Il était partisan du compromis et croyait avec sincérité qu'un mauvais arrangement vaut mieux qu'un bon procès.

Des plaignants rayonnants de joie parce qu'ils se figuraient tenir entre leurs mains la défaite de leur adversaire, entraient dans son bureau d'un pas décidé. Le verbe haut, ils citaient des chiffres vertigineux représentant les sommes qui, d'après eux, allaient leur être payées à titre de dommages-intérêts.

Lorsqu'ils sortaient de l'étude de Mr Collings, ils n'étaient plus que l'ombre d'eux-mêmes et ils s'en allaient, découragés, ayant perdu foi en l'avenir parce que l'avoué leur avait démontré péremptoirement qu'il valait mieux que les choses s'arrangeassent à l'amiable.

Ainsi, par exemple, s'il eut été possible qu'un homme entrât dans le bureau de Mr Collings et lui dît ceci :

– Ha, ha ! je tiens ce damné Binks ! Il m'a tué d'un coup de revolver… Comment m'y prendre pour lui faire payer des dommages ?

– Un moment, aurait répondu Mr Collings, je doute fort que vous parveniez à tirer quelque chose de Mr Binks. Rendez-vous donc compte, cher monsieur, que votre situation n'est guère claire… Comment ! vous vous promenez, avec dans le corps une balle qui, sans aucun doute, est la propriété de Binks, et vous prétendez faire payer ce Binks ! Je ne sais vraiment pas quelle serait l'attitude d'un jury qui aurait à se prononcer sur votre cas… Écoutez, laissez-moi arranger cette histoire…

Seule une catégorie de citoyens avait le don de rendre l'âme de Mr Collings plus perplexe, c'étaient les orphelins.

Dès son jeune âge, l'avoué, élevé strictement par des parents peu enclins à la légèreté, avait été obligé de lire le dimanche de doctes ouvrages où il était question de pauvres orphelines, d'orphelins martyrisés et sauvés enfin par des sociétés philanthropiques.

Dans cette littérature si morale, on parlait également de méchants hommes battant les chiens, jetant des mouches en pâture aux araignées et spoliant sans vergogne d'infortunés bambins qui n'ont plus de parents.

– C'est une orpheline, répéta Mr Collings.

Et il renifla bruyamment.

– Voilà tantôt dix ans qu'elle est orpheline ! répondit Mr William Cathcart d'un ton plutôt cynique.

Mr Collings était imposant, chauve, et avait l'habitude de se livrer chaque après-midi aux ineffables douceurs d'une petite sieste.

Mr Cathcart était mince comme une lame de couteau. Son visage avait l'épaisseur d'une feuille de papier. Il était moins chauve que Mr Collings et, au dire de beaucoup de personnes, il ne dormait jamais. De plus, il haïssait les orphelines.

– C'est une orpheline peu ordinaire, reprit Mr Cathcart, c'est même la plus extraordinaire orpheline que j'aie jamais rencontrée… Comment ! une gosse avec un compte en banque se montant à plus de 100 000 livres sterling ! Je refuse carrément de m'apitoyer sur son sort !

Mr Collings se frotta les yeux.

– Une pauvre orpheline, insista-t-il, vous savez très bien que c'est Mrs Tetherby qui lui a donné de l'argent du temps où cette dernière était encore en vie ; et cette situation n'avait rien d'irrégulier. Mais si moi, un avoué, je donnais un penny, une livre, 1 000 livres à une orpheline, à valoir sur la fortune qui ne sera à elle qu'au jour de sa majorité, serait-ce une infraction à la loi ?

Mr Cathcart réfléchit posément :

– Hum ! en certaines circonstances, vous pourriez agir en qualité de tuteur…

– Hum ! fit l'avoué, comme un écho. (Puis abandonnant ce point de la conversation :) Cette Mrs Tetherby était affligée d'une certaine inertie – défaut de beaucoup de grosses femmes…

– Inertie… dites paresse plutôt, interrompit Mr Cathcart.

– Mais elle adorait Diane. Peu de tantes aiment leur nièce comme elle aima la sienne. Son testament le prouve, du reste. Elle laissa tout…

– Elle ne laissa rien du tout ! fit Mr Cathcart avec une aigre satisfaction.

Comme cet homme détestait les orphelines !

– Elle ne lui laissa rien pour la bonne raison que déjà, de son vivant, elle avait confié à Diane l'entière gestion de sa fortune.

– Elle aimait cette petite orpheline, murmura Mr Collings.

– Si jamais une femme au monde aurait eu le droit…

– Avait eu le droit, rectifia patiemment l'avoué débonnaire.

– … de ne pas avoir le droit de s'occuper d'une jeune fille du tempérament de Diane Ford, c'est bien… ou plutôt, ce fut bien Mrs Tetherby. Comment ! une jeune fille de seize ans à qui l'on permet de filer le parfait amour avec un étudiant…

– Un étudiant en théologie, précisa complaisamment Mr Collings. N'oubliez pas ce détail. Sachez, cher monsieur, qu'une femme peut très bien donner son cœur à un étudiant en théologie, alors qu'un étudiant en médecine ne lui inspirerait que du dégoût. Ce dernier révolterait peut-être tout ce qu'il y a de sensitif en elle…

– Un théologien est pire encore en ce qui concerne la sensitivité…

– D'ailleurs, Mrs Tetherby nous a consultés dans le cas que nous évoquons. Inerte ou paresseuse, elle eut recours à nous, le fait est là.

– Si elle eut besoin de nos lumières, ce fut pour savoir si elle était passible de la cour d'assises au cas où, dans un guet-apens, elle tuerait Mr Dempsi, dont la trop grande assiduité auprès de sa nièce l'énervait au plus haut point. Souvenez-vous. Elle a lancé le chien à ses trousses, sans résultat. Ce sont ses propres paroles que je cite.

– Dempsi est mort, dit Mr Collings d'une voix étouffée. Il y a huit mois, à l'époque où sa tante mourut, j'en parlais encore à Diane. Je lui demandai si son cœur se cicatrisait. Elle me répondit avec humour qu'elle avait ressenti à peine une égratignure et que le soir, lorsqu'elle s'ennuyait, elle passait le temps à essayer de dessiner ses traits, de mémoire.

– Petit démon sans cœur !

– Une enfant, corrigea l'avoué avec bonhomie, que voulez-vous !… La jeunesse ne se souvient de rien, pas même des coliques de pommes vertes.

D'un air inspiré, Mr Collings leva les yeux au ciel.

– Une orpheline, recommença-t-il.

Un employé entra :

– Miss Diane Ford, messieurs !

Les directeurs de la maison Collings & Cathcart, échangèrent un bref regard.

– Faites entrer, dit Collings.

La porte se referma.

– William, reprit l'avoué, tâchez d'être aimable envers elle.

Mr Cathcart grimaça.

– Et elle, sera-t-elle aimable envers moi ? demanda-t-il amèrement. Êtes-vous sûr qu'elle se conduira avec un minimum de politesse ? Êtes-vous prêt à risquer une grosse somme sur son urbanité ?

À ce moment, la porte se rouvrit et la plus délicieuse créature du monde fit son apparition. Avec elle tout un printemps enivrant envahit la pièce. Douceur rosée des fleurs de pêcher. Rire des sources sur les cailloux brillants. Éclat des aubépines au mois de mai : miss Diane Ford.

Mr Cathcart, qui avait servi pendant la guerre en qualité de capitaine d'intendance et qui, de ce chef, avait acquis l'habitude des inventaires, dressa mentalement l'état suivant :

Jeune fille :	Mince, taille moyenne	Une
Yeux :	Bleu-gris, grands, plus ou moins innocents	Deux
Bouche :	Rouge, arquée, ferme	Une
Nez :	Droit, forme parfaite	Un
Cheveux :	Légèrement dorés, ondés.	Une tête

Faut-il le dire ? Diane répondait autant à cette description que l'homme dans la rue au signalement de son passeport ! Elle répandait autour d'elle l'atmosphère du printemps et de l'aube. Son teint éblouissait et elle se déplaçait avec une grâce si souple, si féline, que Mr Cathcart – qui était un homme marié – la soupçonnait de ne s'être jamais livrée au joug dominateur du corset.

Impulsive, elle se jeta contre Mr Collings qu'elle embrassa impétueusement.

Comme Mr Cathcart avait fermé les yeux, il n'aperçut pas le large sourire satisfait que son associé avait exhibé à son intention.

– Bonjour, mon oncle ! Bonjour, oncle Cathcart…

– 'Jour ! marmonna Cathcart d'un ton hostile.

– 'Jour ! répéta-t-elle gamine. Dire que j'étais venue ici animée des meilleures intentions et que je vous avais même appelé « oncle »…

– J'avais entendu, répondit l'« oncle » nouvellement promu, mais mon opinion, miss Ford, est que nous ferions mieux de parler affaires.

– Affaires ! s'exclama-t-elle d'un ton las, vous n'avez donc pas d'autres sujets de conversation ?

Elle enleva son chapeau, le lança adroitement sur le classeur le plus rapproché et soupira :

– Oh ! oncle Collings, que je suis malade !

Mr Cathcart se dressa à demi.

– Oui, j'en ai assez de l'Australie, des gens qui sont autour de moi, j'en ai assez de tout. Je retourne chez moi !

– Chez vous ! s'exclama Mr Collings stupéfait… mais, ma chère petite Diane si par « chez vous » vous entendez l'Angleterre et non pas, hum…

– Le ciel… suggéra Cathcart, sarcastique.

– Oui, oui, oui, c'est en Angleterre que je veux aller ! J'ai l'intention d'aller habiter chez mon cousin, Gordon Selsbury.

Songeur, Mr Collings se gratta l'extrémité du nez :

– Un homme d'âge avancé, je présume ?…

– Je l'ignore.

Indifférente, elle haussa les épaules.

– Marié ?

– Oui, si c'est un chic type. Tous les chics types se marient, excepté évidemment celui que j'ai devant moi…

Mr Collings, qui était célibataire, rit de bon cœur, mais Mr Cathcart, qui avait contracté des liens conjugaux, ne parut même pas amusé par la gentille boutade de la jeune fille.

– Je suppose que vous avez écrit ou télégraphié là-bas et que Mr Selsbury ne voit aucun empêchement à ce que vous alliez le rejoindre ?

– Pas du tout. Aucun, fit-elle brusquement, il sera enchanté de m'avoir auprès de lui.

– Vingt ans, soupira Mr Cathcart en contemplant Diane, enfant que la loi doit encore protéger. Dites donc, Collings, vous ne croyez pas que nous ferions bien de prendre quelques renseignements au sujet de ce Selsbury avant de…

Mr Collings regarda la jeune fille d'un air interrogateur. Diane n'avait jamais paru moins orpheline et faible qu'à ce moment-là.

– Il serait sage peut-être… suggéra Collings.

Il n'en dit pas plus, car il s'aperçut à l'attitude de sa pupille qu'en effet il serait sage de ne pas insister.

Diane sourit, découvrant une double rangée de dents petites et éblouissantes :

– J'ai retenu ma cabine, une délicieuse cabine, avec salle de bains et salon. Les murs sont recouverts de brocart et de soie, et le lit est tout petit, tout mignon. Il est placé au milieu de la pièce de façon que lorsque le navire roule assez fort, on peut tomber dehors de n'importe quel côté !

À ce moment-là, Mr Cathcart jugea qu'il était nécessaire d'intervenir.

– Je regrette de ne pouvoir accorder mon consentement à votre départ, articula-t-il posément.

– Pourquoi ? fit-elle mordante, le menton en bataille.

– Oui, pourquoi ? répéta Collings, désireux de connaître la pensée de son associé.

– Parce que, ma jeune et chère demoiselle, la loi de ce pays vous considère encore comme une enfant ; parce que Mr Collings et moi, nous avons sur vous l'autorité paternelle « in loco parentis ». De plus, je suis assez vieux pour être votre père.

– Ou mon grand-père, répondit-elle calmement. Au fond, quelle importance cela a-t-il ? Vous savez, l'âge, ça ne veut rien dire. En venant de Bendigo, dans le train, il y avait en face de moi un vieux fou de soixante ans qui essayait sans cesse de prendre ma main dans la sienne. Lorsque le cœur est jeune, l'âge ne signifie rien du tout.

– Parfait ! souligna Collings dont le cœur était très jeune.

– En résumé, continua Mr Cathcart, vous ne partirez pas. Je ne désire pas faire appel à la justice, mais…

– Un instant, monsieur l'avoué avocassier, dit Diane, jetant à terre quelques livres qui se trouvaient sur une chaise et s'asseyant à leur place. Un instant. Tantôt vous m'avez jeté à la tête l'argument « loco parentis », autorité paternelle du tuteur, et cætera. Permettez-moi de vous en servir un autre : J'ai le droit d'être émancipée !

– Eh ? s'écria William subitement dégonflé.

– Je ne connais du droit que ce qui peut m'être utile, expliqua-t-elle modestement. Ma vie jusqu'à présent s'est passée calmement parmi les herbes hautes du pays de Kara-Kara, mais quoiqu'orpheline ignorante, je sais certaines choses…

Mr Collings soupira.

– D'autant plus, poursuivit la jeune fille sans pitié, que l'avoué qui fait appel à la justice doit agir sur les instances d'un client. Sans client – à moins que ce soit un cas tout à fait personnel, comme par exemple si sa femme commet le péché d'adultère –, il ne peut appeler la justice à son secours. Qui dénicherez-vous pour porter plainte contre moi, Mr Cathcart ?

L'interpellé haussa les épaules avec lassitude.

– Faites votre lit comme vous l'entendez, répliqua-t-il sourdement.

– Le juge lui-même ne pourrait m'y obliger ! rétorqua-t-elle ironiquement.

Mr Cathcart, voyant Diane s'avancer vers lui, prit un porte-plume pour se donner une contenance.

– Oncle Cathcart, dit-elle à voix basse, j'avais tant espéré que nous nous serions quittés bons amis. Chaque soir, agenouillée, au pied de mon lit, j'ai fait cette fervente prière : « Dieu, faites que mon oncle Cathcart soit un jour pénétré du sens de l'humour et faites de lui un chic type ». J'espérais bien ce miracle que je souhaitais de tout mon cœur.

L'oncle Cathcart s'agita, mal à l'aise.

– Agissez comme il vous plaira. Je ne puis greffer une vieille tête sur de jeunes épaules. Ce sont ceux qui vivent le plus longtemps qui contemplent le plus de spectacles.

– Et c'est en goûtant le pudding qu'on se rend compte de sa qualité ! ajouta-t-elle du même ton sentencieux.

Une heure plus tard, pendant le déjeuner, Mr Collings, qui tapotait son cigare pour en faire tomber la cendre, demanda :

– Ce Selsbury, quel genre de type est-ce ?

– Épatant ! répondit rêveusement Diane. Il a ramé au numéro 6 dans la course Oxford-Cambridge. Je suis folle de lui.

Les yeux emplis d'horreur, Mr Collings la fixa, révolté.

– Et lui ? est-il fou de toi ? s'enquit-il.

Diane sourit. Dans son sac à main, elle prit une houpette et se repoudra le bout du nez.

– Il le deviendra ! minauda-t-elle suavement.

2. Mr Gordon Selsbury

Mr Gordon Selsbury se demandait parfois, avec beaucoup de sincérité, s'il n'était pas d'une essence supérieure aux autres hommes.

Il travaillait dans le cadre banal de la City de Londres, rendez-vous des gros hommes d'affaires anglais.

La profession qu'il exerçait avec beaucoup de profit était pourtant assez terre à terre pour un esprit cultivé et éclairé comme le sien. Mr Gordon Selsbury était intéressé dans une maison d'assurances.

À certains moments, assis dans son salon devant le beau foyer à plaques d'argent, dont il était fier, il s'étonnait des contradictions de son génie.

Placé au-dessus du monde et de ses intérêts mesquins, il avait cependant l'art et la manière de faire face aux matérialistes de tout acabit et d'arracher à leurs mains avides de grosses sommes d'argent…

– Non, Trenter, je serai absent demain après-midi. Voulez-vous dire à Mr Robert que je le verrai à mon bureau ? Merci, Trenter.

Trenter fit un signe de tête respectueux et retourna à l'appareil téléphonique.

– Non, monsieur, expliqua-t-il au frère de son maître, Mr Selsbury ne sera pas ici demain.

La voix, à l'autre bout du fil, trahit un certain embarras.

– Voulez-vous avoir l'obligeance de lui rappeler qu'il m'a promis de jouer au golf avec moi ? Demandez-lui de venir à l'appareil.

Gordon, le visage inexpressif, se leva du fauteuil de tapisserie dans lequel il se prélassait. Jamais, devant les domestiques, il ne révélait le moindre de ses sentiments.

– Oui, en effet, je sais, dit-il d'un ton las, mais j'avais un rendez-vous antérieur. Cherche quelqu'un d'autre, Bobbie. Le vieux Mendelssohn… Quoi ? Une vieille ganache ?… Je n'y puis rien. De toute façon, vous devrez dénicher un autre partenaire, moi je n'aurai pas le temps, je serai terriblement pris demain… D'ailleurs, je déteste parler affaires au téléphone. Au revoir.

Lentement, avec dignité, Gordon s'en retourna dans son salon.

Il avait ramé autrefois dans une équipe universitaire et malgré qu'il les considérât comme d'assez mauvais goût, deux rames entrecroisées, souvenirs de ses exploits de jadis, « ornaient » le manteau de la cheminée. Dire qu'un jour il avait été un étudiant frais émoulu, qu'il avait éprouvé un plaisir extrême à subtiliser les casques des policemen, à rouler à bécane le long des sentiers privés et à faire des pieds de nez aux surveillants ! Difficile à croire…

Gordon était grand et athlétique comme l'Apollon du Belvédère. Son front était large et vaste, sa chevelure étincelait de blondeur, mais chose étrange pour un jeune homme de son apparence, il portait des favoris longs de cinq centimètres qui lui donnaient un air de maturité précoce.

– Il doit écrire des sonates ou jouer du violoncelle, pensaient les hommes qui le voyaient pour la première fois.

– C'est un danseur acrobatique ou un artiste de cinéma, devinaient au contraire les femmes.

– Trenter !

Trenter, les traits tendus, attendit. Gordon fronça les sourcils.

– Trenter !

– Oui, monsieur.

Lentement, Mr Selsbury tourna la tête. Ses yeux noirs fouillèrent ceux de son valet de pied.

– Ce matin, je vous ai aperçu embrassant la femme de chambre.

Vous êtes marié, je crois ?

Trenter, le cœur plein d'appréhension, fit un vague signe d'affirmation.

– Je désire que ceci ne se reproduise plus, articula Gordon froidement. En votre qualité d'homme marié, vous avez des responsabilités que vous ne pouvez ni ignorer, ni oublier. Eleanor, pour l'appeler par son prénom, est une jeune fille impressionnable. Il est injuste d'assombrir ses jours en éveillant dans son cœur une passion qu'il vous est impossible de payer de retour. De plus, j'ai été personnellement victime de votre aveuglement. L'eau pour ma barbe est arrivée en retard, ce matin. Je ne veux plus que cela se produise.

– Non, monsieur, fit humblement Trenter.

À l'office, la nouvelle se répandit comme une traînée de poudre.

Eleanor, grande et svelte, teint pâle, sourcils noirs, yeux de flammes, cessa de se rougir les lèvres pour exhaler son indignation.

– Comment ? Parce que le patron est une sainte-nitouche, il s'imagine que nous n'avons pas de sentiments ? Pauvre poisson à sang froid ! Mais je ne me laisserai pas insulter par un misérable espion aux semelles de caoutchouc !

– Qui est-ce, ce « Sainte-Nitouche » ? demanda Trenter qui, en sa qualité de pratiquant baptiste était peu au courant de l'aristocratie du paradis.

– Lui ! s'exclama Eleanor, c'est l'homme que les femmes ont tenté et qui n'a pas succombé !

– Qui l'a tenté ? s'enquit Trenter, brusquement jaloux.

– Personne. D'abord, si tu crois que c'est moi, je te déclarerai tout net que je voudrais le voir essayer de me passer un bras autour de la taille… Ha, ha ! il n'oublierait jamais ce moment-là !

– Je ne crois pas qu'il s'oublierait à te passer le bras autour de la taille, fit Trenter dont les soupçons s'apaisèrent.

Sceptique, il rejeta la tête en arrière.

– Il n'est pourtant pas si ininflammable, fit-elle mystérieusement, et, montrant du menton une grosse femme, le ventre orné d'un tablier de couleur, elle ajouta :

– Demande plutôt à la cuisinière !

16

– Quoi ! c'est toi, Marie, qui l'a tenté ? murmura-t-il dans un souffle.

Heureusement, l'esprit de Mrs Magglesark ne travaillait pas avec la rapidité de l'éclair :

– Je l'ai vu qui…

À ce moment-là, Eleanor, craignant qu'elle ne dise des imprudences lui marcha violemment sur les orteils et dit :

– Moi et la cuisinière – c'est-à-dire, la cuisinière et moi, nous étions sur l'impériale d'un autobus dimanche passé…

– À Knightsbridge, précisa Marie, heureuse de collaborer au récit de la servante.

– Nous bavardions en riant. Tout à coup Marie me prend le bras : Regarde, me dit-elle, le patron !

– Non, j'ai dit « On dirait sa tête », corrigea Marie…

– Le fait est que c'était bien lui… continua Eleanor. Il était avec une jeune fille, très grande, habillée de noir et il lui tenait la main !

– Dans la rue ? demanda Trenter, incrédule.

– Non, dans une auto. Du haut du bus on voit aisément ce qui se passe dans les limousines… Que de spectacles ai-je déjà contemplés de cette façon !

– Était-elle jolie ? demanda Trenter, assez fat.

Les lèvres d'Eleanor se retroussèrent.

– Certains la trouveraient assez bien faite. Et toi, Marie, qu'en penses-tu ?

– Elle n'était pas mal.

– Il lui tenait la main ! répéta Trenter pensivement. N'était-ce pas Mrs Van Oynne ?

– Qui ?

– Une dame qui est déjà venue ici deux fois prendre le thé. C'est une Américaine très bien habillée… Héloïse est son prénom. Beaucoup de goût. Elle adore le noir et les plumes de paradis.

– Elle a des plumes de paradis ! s'exclamèrent en chœur Eleanor et Marie.

Trenter, de la tête, fit un signe affirmatif.

– C'est elle que vous avez vue, continua Trenter, mais pas pour le motif que vous croyez. C'est une intellectuelle. Elle passe son temps à lire. La dernière fois qu'elle est venue ici, ils ont discuté au sujet de l'« âme et de l'ego ». Aux bribes et morceaux que j'ai pu saisir, je n'ai pas compris un traître mot.

Eleanor était très impressionnée.

– Assez bizarre, ces débats au sujet d'ânes égaux, dit-elle.

Gordon Selsbury adorait les discussions. Avec Héloïse Van Oynne, il n'y avait pas de sujet qu'il ne pût développer avec fruit. À vrai dire, c'était presque toujours lui qui parlait, mais le regard attentif de son interlocutrice suppléait au manque de phrases. Cet après-midi-là, Gordon était assis avec elle au tearoom du *Cobourg Hotel*. Peu de clients. Ils étaient relativement seuls.

– Depuis que je vous connais, il y a une chose que je brûle de vous dire, fit-il d'une voix tout à coup très douce… Un mois que nous nous connaissons ! Un mois déjà ! C'est presque incroyable. Nous avons dû certainement nous rencontrer autrefois, en des temps révolus, dans un temple de l'Atlantide perdue où des prêtres barbus chantaient la gloire des divinités disparues. Vous étiez une grande dame. J'étais un humble gladiateur. Car les jeux de cirque remontent, j'en suis sûr, aux jours du continent englouti. Qui sait ? les derniers Atlantes furent peut-être les fondateurs de cette mystérieuse civilisation étrusque qui intrigue tant de savants…

Les yeux brillants de la femme paraissaient approuver la nouvelle et audacieuse théorie présentée par Selsbury.

Ils disaient, ces yeux, en leur langage muet, mais éloquent : « Comme c'est merveilleux d'associer l'Étrurie à la civilisation mythique de l'Atlantide ! »

Ces yeux, comme ils étaient pleins de vie ! Et que de choses ne devaient-ils pas penser, en dehors des mythes étrusques !

– La beauté de notre amitié, continua Gordon, résulte du fait que nous avons réussi à dégager nos intérêts communs de l'emprise du flirt banal et misérable.

– Que voulez-vous dire ? demanda-t-elle en penchant la tête.

– Je veux dire, expliqua Gordon en ramassant délicatement une miette de gâteau tombée sur ses genoux, que pas une seule fois l'éclat de notre amitié n'a été terni par cette faiblesse que tant d'humains se plaisent à appeler « amour ».

– Oh, je comprends ! fit Héloïse Van Oynne en se renversant dans son fauteuil de rotin, tandis qu'un sentiment de satisfaction détendait ses traits intrigués.

– Notre amitié, c'est la sympathie totale, la compréhension parfaite de la pensée par la pensée, l'unité de deux âmes…

Elle sourit avec une douceur infinie. C'est toujours ainsi qu'Héloïse souriait lorsqu'elle ne saisissait pas ce qu'avec tant de confiance lui expliquait Gordon…

À son tour, elle se lança sur le chemin éthéré de la philosophie :

– L'âme est certainement la chose la plus belle que nous possédions, énonça-t-elle pensivement. Et c'est par là que nous sommes si différents des autres, Gordon. Qu'il est doux de pouvoir se confier, l'un à l'autre, et de ne pas devoir se replier en soi-même.

Elle soupira après ce difficile exercice d'élocution. Et, pour revenir à une conversation plus terre à terre, elle reprit :

– Vous me parliez, Gordon, d'une de vos cousines d'Australie. Elle doit, certainement, être très intéressante et je brûle d'envie de faire sa connaissance. Je vous aime Gordon, je vous aime beaucoup. Tout ce qui vous touche, de loin ou de près, parents, occupations, loisirs, me captive prodigieusement…

Elle posa sa main gantée sur son genou.

Aucune autre femme n'eût pu, sous peine de voir accourir toute la police de Londres, mettre sa main sur le genou de Gordon. Mais ici c'était Héloïse ! Et Gordon, souriant, posa sa main nue sur celle de la jeune femme.

– Diane ? Ah, oui ! Je ne sais rien d'elle, sauf qu'elle a eu une aventure assez tapageuse avec un type nommé Dempsi. Je crois qu'elle doit être très riche. Je me suis occupé un peu d'elle, je lui ai envoyé des livres, des conseils. Ah, mes conseils ! Tenez, je suis persuadé que, pour une jeune fille, les avis d'un homme ont plus de fruit que ceux d'une femme. De quoi parlions-nous ? Ah, oui… Croyez-vous que dans le subconscient hétérogène de la nébulosité primordiale, l'ego…

– Est-elle brune ou blonde ? demanda Héloïse, ennemie aujourd'hui de la métaphysique.

– Je ne sais réellement pas. Sa tante m'a écrit quelque temps avant sa mort – pauvre créature ! – elle me disait que Diane avait complètement oublié comment était Dempsi et qu'elle aurait désiré trouver une photo de lui quelque part. Comme c'est drôle, n'est-ce pas, Héloïse, la vie et la mo…

– Diane ! murmura songeusement Héloïse, pauvre petite fille d'Australie ! Je voudrais la connaître, Gordon.

Gordon leva vers elle un sourire aimable et amusé :

– Et moi, dit-il, je ne puis imaginer rien de plus improbable, rien de plus impossible que votre rencontre, à toutes deux.

3. L'orpheline s'impose

Cheynel Gardens est un de ces endroits si retirés de la circulation que rares sont les chauffeurs de taxi capables d'y arriver sans demander leur chemin.

Certains cochers « en ont entendu parler », d'autres se souviennent d'y avoir conduit parfois un client. Seuls le facteur local et le policeman, qui doit y accomplir sa ronde quotidienne, peuvent le situer exactement… Les personnes qui habitent Cheynel Gardens ont l'impression d'être aux confins du monde. Font-ils partie du district de Mayfair ou de celui de Marylebone ? Elles l'ignorent ou à peu près !

Gordon occupait une maison de coin avec jardin, l'unique jardin du voisinage et probablement celui qui avait donné son nom au quartier, si d'ailleurs on pouvait appeler jardin une cour pavée de 3,60 m sur 3 m et occupée presque entièrement par deux arbustes plantés dans des tonneaux. En venant de Brook Street, c'était la dernière habitation à gauche. Belle apparence du reste : brique rouge et pierre jaune. Grand studio dans lequel la lumière entrait, tamisée par de beaux vitraux qui lui donnaient l'aspect d'un oratoire.

Le studio de Mr Selsbury était en vérité un lieu sacré où l'on n'entrait pas sans y être expressément invité. Deux portes de chêne massif mettaient le propriétaire à l'abri des importuns et du bruit lorsqu'il se plongeait dans l'étude de ses deux revues favorites, l'*Économiste* et la *Revue des assureurs*. Il lisait aussi *The Times,* et, la nuit, il parcourait avec avidité des fascicules de sociologie. Lorsqu'il était fatigué il se contentait du compendieux *Zur Genealogie der Moral,* de Nietzsche, son auteur préféré.

Il descendit de la voiture qui l'avait ramené chez lui, donna au chauffeur un pourboire de dix pour cent calculé minutieusement jusqu'au moindre penny et monta lentement les marches du perron. La porte s'ouvrit sans bruit au moment même où son pied quittait la dernière marche. Comme chaque jour, Trenter se trouvait dans le corridor prêt à prendre des mains de son maître son chapeau, ses gants et sa canne.

Gordon demanda, pour ne point faillir au rite quotidien :

– Y a-t-il du courrier ?

Si Trenter avait répondu « Non, monsieur », il aurait contrevenu au rituel établi depuis longtemps.

– Oui, Monsieur, et…

Inutile d'en dire plus. Déjà Gordon regardait avec étonnement quatre immenses malles qui couvraient entièrement la surface du vestibule. Sur trois d'entre elles se trouvaient des étiquettes portant en gros caractères « NE PAS UTILISER PENDANT LE VOYAGE ». Sur la quatrième était collé un placard rouge avec, en grandes lettres noires, le mot « CABINE ».

– Que-quoi-que signifie ceci ? demanda Gordon, à moitié suffoqué.

– La jeune dame est arrivée cet après-midi, monsieur, expliqua le valet, mal à l'aise.

– La jeune dame est arrivée. De quelle jeune dame voulez-vous parler ?

– De miss Ford, monsieur.

Gordon fronça les sourcils. Il avait déjà entendu ce nom… Ford… Ford… Cette syllabe ne lui était pas tout à fait inconnue…

– Ford… ? Des autos Ford ?

– Non, monsieur, miss Diane Ford, d'Australie.

Sa cousine ! Mr Selsbury sourit aimablement. L'instinct de l'hospitalité n'était pas entièrement atrophié en lui. D'ailleurs, les Selsbury appartenaient tous à une race courtoise.

– Voulez-vous dire à miss Ford que je suis rentré et que je serais heureux de la voir dans mon bureau ?

La face de Trenter se rembrunit.

– Elle *est* dans le bureau, expliqua-t-il d'un ton presque suppliant… Je lui avais dit que, lorsque vous n'êtes pas là, personne ne pénètre dans votre studio et que j'en tiens soigneusement les portes fermées, mais…

Gordon était pris au dépourvu. Il est assez déconcertant, à vrai dire, de constater que votre hôte s'est déjà approprié comme un droit l'hospitalité que vous vous proposiez de lui offrir !…

– Tiens, tiens ! s'exclama-t-il, souriant… Je vais voir Miss Ford, Trenter.

Il frappa à la porte du studio et une voix l'invita à entrer.

– Je suis heureux de faire votre connaissance, cousine Diane, dit-il en regardant autour de lui.

Son confortable fauteuil favori lui tournait le dos, et Gordon vit s'agiter au-dessus du dossier une jolie main blanche.

– Entrez Gordon… Je suis sûre que c'est vous !

Elle se retourna d'un bond et le regarda en plein dans les yeux. Pour être plus à l'aise, elle avait enlevé ses souliers. Debout sur ses bas de soie, elle paraissait toute petite, toute menue.

Gordon eut l'impression de voir devant lui une chatte mignonne.

« Amusante aventure », pensa-t-il.

– Eh bien, jeune fille, l'apostropha-t-il paternellement, vous êtes arrivée ! Je ne me doutais pas que je ferais un jour votre connaissance. Avez-vous fait un bon voyage ?

– Êtes-vous marié ? lui demanda-t-elle à brûle-pourpoint.

– Non, je ne suis pas marié. Je suis un célibataire endurci.

– Ah !

Elle lâcha un soupir de soulagement.

– Je craignais beaucoup cette « complication »… À propos, vous ne m'avez pas embrassée…

Gordon ne se rendait pas du tout compte qu'il avait négligé d'embrasser sa cousine, pas plus qu'il ne lui semblait avoir oublié de lui jeter à la tête le livre qu'il avait sous le bras. Mais les Selsbury sont des gens polis. Il se pencha sur elle et de ses lèvres toucha sa joue.

– Asseyez-vous ma chère – vous prendrez une tasse de thé, n'est-ce pas ? Je suis horriblement fâché de vous avoir fait attendre… Où logez-vous ?

Elle lui lança un regard de côté.

– Ici.

Pendant l'espace d'une seconde, son visage exprima l'incompréhension la plus candide.

– Je me suis peut-être mal exprimé. Je veux dire : à quel hôtel êtes-vous descendue ? Où dormirez-vous, cette nuit ?

– Ici, répéta Diane.

Gordon ne perdait jamais la tête, même aux moments les plus critiques. Un jour, alors que la malle Ostende-Douvres était en train de sombrer, il se trouvait sur le pont, flegmatiquement occupé à discuter au sujet de la théorie atomique avec un répétiteur de Cambridge. Deux fois, des cambrioleurs avaient pénétré dans sa maison et maintes fois, au cours de banquets, il avait dû prononcer des discours.

On ne peut donc pas dire que le danger lui était inconnu.

– Vous voulez dire que vous venez habiter ici pendant quelque temps, avec moi ? Je serais enchanté, mais, voyez-vous, ce logis est malheureusement celui d'un célibataire. Il n'y a aucune femme dans la maison en dehors du personnel domestique féminin.

Il parlait avec amabilité. Son raisonnement se déroulait logique et froid. Son attitude, tandis qu'il lui exposait ses arguments, était correcte et distinguée.

– Vous avez besoin d'une femme dans cette maison. Il était temps que j'arrive ! répliqua-t-elle très maîtresse d'elle-même.

Il étouffa un soupir. Mon dieu, que les choses peuvent se compliquer dans la vie ! Un autre que lui aurait bondi, sacré, tempêté, se serait mis en colère, aurait tenu des propos désagréables ou accompli des actes blessants.

– Je serais heureux de vous avoir ici pendant quelques jours, sourit-il, téléphonez vite à votre chaperon. Dites-lui de faire porter ses malles ici sans tarder…

Calmement, Diane remettait ses souliers.

– J'ai admiré vos rames, dit-elle, vous nagiez au numéro 6, n'est-ce pas ? Et vous avez gagné ? Comme c'est splendide !

– Oui, oui, oui…

Gordon n'était pas fier de ses prouesses athlétiques d'antan.

– Voulez-vous que je téléphone moi-même ?

– À qui ? demanda-t-elle de l'air le plus innocent du monde.

– À votre chaperon… À la dame qui vous accompagne dans vos voyages.

– Ne faites pas l'idiot…

Il se raidit, puis s'amollit à nouveau. Ses traits pâlirent.

– Je voyage seule, aussi seule qu'on puisse l'être en compagnie de cent cinquante compagnons de voyage qui, sur le pont, s'amusent follement à toutes sortes de jeux. Une dame intellectuelle, sur un bateau, ne peut avoir rien de commun avec des passagers qui passent leur temps à pousser des disques sur des carrés…

Une chaise se trouvait à proximité de Gordon. Il s'assit. Des hommes de sa trempe ne perdent pas facilement leur sang-froid, même dans les situations les plus embrouillées. Leur personnalité et leur volonté viennent à bout de tous les obstacles.

– Écoutez, dit-il, je vais vous parler en bon père, en bon oncle et en bon cousin.

Le sourire qui se jouait sur sa face était contraint, sévère et bien-veillant à la fois.

– Vous êtes une jeune fille, et il faut qu'on vous explique que vous ne pouvez décemment rester ici, en tant qu'hôtesse d'un jeune cé-libataire.

Debout, les mains derrière le dos, elle l'écoutait parler, nullement impressionnée.

– Et moi, j'ai à vous dire ceci, Gordon Selsbury : non seulement, je *puis* demeurer ici, mais je *vais* demeurer ici ! Est-ce ma faute, à moi, si vous êtes célibataire ? Vous devriez être marié. C'est insen-sé, vivre tout seul dans une grande maison ! Je suis venue habiter ici et c'est moi qui vais diriger votre ménage. Il faudra me donner une liste des plats que vous aimez pour votre déjeuner. Moi, j'adore les pamplemousses avec une fine tranche de bacon. Je ne dédaigne pas les rognons « à la chef »… Aimez-vous les gaufres ? J'en raf-fole ! Nous avions une cuisinière japonaise qui les réussissait à la perfection. Des tomates, c'est également délicieux pour le déjeu-ner, mais il faut…

– Diane, l'interrompit-il avec gravité, vous me désolez. Vous savez bien que vous ne pouvez demeurer ici. Ma chère enfant, je dois veiller sur votre réputation. Plus tard, vous vous rendrez compte de l'imprudence que vous voulez commettre à présent. Écoutez, je vais téléphoner à *l'Hôtel Claridge* pour demander qu'on vous retienne une belle chambre…

Il se leva à demi. Les mains blanches se posèrent sur ses épaules et il retomba assis. Elle était robuste, la petite orpheline !

– Ne faisons pas de scandale, fit-elle avec fermeté. Il n'y a pour vous qu'un seul moyen de me faire sortir de la maison, c'est d'appeler un policeman. Au surplus, un seul policeman serait plutôt impuissant, car dans ma sacoche, j'ai un ravissant petit browning… Je n'hésiterais pas à m'en servir.

Il la contempla avec horreur. Elle lui rendit son regard, candidement, sans reproche. Elle avait la volonté de rester. En elle, Gordon découvrit une variante d'un principe nietzschéen…

– Il ne me reste qu'une seule chose à faire, Diane.

Sa voix était grave et solennelle. On eût dit qu'il allait entonner en mineur un hymne grégorien.

– Je vais quitter ma propre maison. Je vous cède la place. Je vais aller habiter l'hôtel le plus proche.

– Vous n'en ferez rien, dit-elle. Si vous osez partir d'ici, je mettrai des annonces dans tous les journaux : *Disparu depuis vendredi, Mr Gordon Selsbury. Grand. Blond. Teint frais. Présentant bien.*

Gordon humecta ses lèvres sèches. La vie était bête, mais rien dans la vie ne paraissait aussi idiot à Gordon que la presse populaire. La seule fois qu'il avait eu un cauchemar, c'était lorsqu'il avait rêvé qu'il avait assassiné une danseuse. Le juge lui infligea la peine la plus hideuse au monde : écrire le récit du crime pour un journal policier !

– Vous changerez peut-être bientôt d'avis, fit-il d'une voix faible. Je suis certain que, lorsque vous vous serez rendu compte de ce que vous faites, vous…

Elle s'assit devant son magnifique bureau, prit une plume et arrachant une feuille d'un bloc-notes demanda, délicieusement innocente :

– Maintenant, dites-moi ce que vous désirez pour votre déjeuner… Du saumon fumé ? Une tranche de bacon ? Du poisson ? Le poisson est excellent pour le cerveau… Ça ne vous fait rien que je vous appelle « Gord » tout court ?…

4. Diane s'installe

Le lendemain, à son retour d'une exploration des grands magasins, Diane trouva au salon une dame maigre et entre deux âges qui la salua d'un sourire plein de déférence. Elle représentait complètement le type de duègne sévère de l'époque puritaine de la reine Victoria, et Diane la regarda obstinément, car elle ne portait pas de chapeau et sur ses genoux reposaient un tricot commencé et trois longues aiguilles d'acier.

– Bonjour ! Vous êtes miss Ford, n'est-ce pas, ma chère ? Je suis miss Staffle. J'espère que nous allons devenir de bonnes amies.

– Je l'espère, répondit Diane. Nous serons de bonnes amies lorsque je comprendrai. Vous êtes une invitée ?

Cric ! Cric ! Crac ! faisaient les aiguilles, allant et venant rapidement, de maille à maille. Diane regarda ce spectacle avec colère. Elle était la seule femme au monde qui n'eût jamais tricoté un jumper.

– Hum… c'est-à-dire oui. Mr Selsbury s'est dit que vous deviez vous sentir seule. Cela ne vaut rien d'être trop seule. On se fait du mauvais sang…

– Je m'en fais en ce moment, répliqua Diane, incisive. Dois-je présumer que vous avez été engagée en qualité de chaperon ?

– En qualité de compagne, rectifia doucement miss Staffle.

Diane ouvrit un petit portefeuille.

– Votre salaire a été fixé à combien ?

D'une voix indistincte, miss Staffle répondit à la question.

– Voici deux mois de salaire, dit Diane, j'ai décidé de ne pas avoir recours à une gouvernante.

Elle agita la sonnette. Les aiguilles du tricot cessèrent d'aller et de venir.

– Eleanor, dit Diane à l'élégante chambrière, miss Staffle quitte cette maison tout de suite. Je crois même qu'elle n'attendra pas l'heure du thé. Voulez-vous faire descendre ses bagages et dire à Trenter d'appeler un taxi ?

– Mais, ma chère, protesta miss Staffle d'une voix acidulée… c'est Mr Selsbury qui m'a engagée et je crains que…

– Mr Selsbury non plus n'a pas besoin de chaperon, fit Diane. Maintenant, mon ange, êtes-vous décidée à me causer des ennuis ou à faire comme un charmant chérubin, vous envoler ?…

Gordon revint à la maison. Il s'était préparé à l'orage et s'était composé un visage de pierre devant lequel larmes ou reproches seraient vains. Il trouva Diane essayant un nouveau disque sur un appareil Grafanola flambant neuf. Les épaules et les pieds de la jeune fille scandaient le rythme de « I ain't nobody's darling ». Gordon détestait les gramophones. Mais à ce moment, un autre objet requérait son attention. Nulle part, il n'apercevait de trace de cette excellente miss Staffle.

– Personne n'est venu ? demanda-t-il distraitement.

Elle s'arrêta de siffler.

– Personne. Ah si ! Comme c'est amusant ! Une vieille dame s'est présentée, croyant que j'avais besoin d'une gouvernante.

– Où est-elle ?

Le cœur de Gordon sombra.

– Je n'ai pas pris son adresse… Je ne supposais pas que vous auriez eu recours à ses services.

– Vous l'avez renvoyée ?

Diane fit un signe affirmatif :

– Oui, son tricot m'épouvantait.

Puis, brusquement, comme si un horizon nouveau se révélait à son esprit…

– Quoi ?… Ce jumper, c'était pour vous ?

– Vous avez… hum… renvoyé… hum… quelqu'un que j'avais pris à mon service, dans ma maison ? questionna sévèrement Selsbury… Vraiment, Diane, vous allez un peu fort ! Éclaircissons la situation, ma chère.

Diane retourna le disque.

– Le thé sera servi dans dix minutes, dit-elle… Gordon, vos souliers sont boueux, allez changer de chaussures !

Les joues de Selsbury rougirent. Le levain de la révolte gonfla tout à coup en lui.

– Je n'en ferai rien ! s'exclama-t-il hargneux, je n'entends pas recevoir d'ordre dans ma propre maison ! Diane, vous allez trop loin. Cette situation doit cesser sur l'heure.

Il abattit sa main sur le dossier du fauteuil. Une résolution inébranlable se lisait dans ses yeux.

– Un de nous deux doit quitter cette maison ce soir, dit-il, j'en ai assez. Déjà la valetaille jase. Ce matin, lorsque vous êtes descendue pour le déjeuner dans un négligé plus que négligé, j'ai aperçu un sourire équivoque sur la face de Trenter. J'ai une situation à maintenir, une réputation à sauvegarder. Je possède un nom à la City. Je dois mettre mes intérêts à l'abri de votre inconscience et de votre imprévoyance de vilaine gamine !

– Quelle façon de parler à une dame ! s'exclama-t-elle d'un ton de reproche.

– Je ne veux pas discuter plus longtemps avec vous et je ne permettrai pas que vous tourniez cette situation en plaisanterie. Je vous répète qu'un de nous deux doit quitter Cheynel Gardens !

Elle réfléchit un instant, puis sortit de la pièce. Gordon l'entendit qui téléphonait et un sourire flotta sur ses traits. Un peu de fermeté, il avait donc suffi de cela !

– Allô ! Allô ! Je suis bien au *Morning Telegram* ? C'est miss Diane Ford qui est à l'appareil. Voulez-vous envoyer un reporter au n° 61, Cheynel Gardens…

Mais déjà Gordon avait bondi et d'une main furieuse, il couvrait l'embouchure de l'appareil.

– Que faites-vous ? questionna-t-il rageusement.

Elle haussa les épaules.

– La vie sans vous serait impossible, Gordon, dit-elle, la voix brisée. Vous êtes le seul parent que j'aie au monde… Si vous me mettez à la porte, il n'y a plus qu'un but pour moi… le fleuve…

– Vous êtes folle ! gémit-il.

– J'espère que, lorsqu'on trouvera mon cadavre, le coroner comprendra… Laissez-moi faire, Gordon, je préviens les journalistes…

On m'appelle.

De toutes ses forces, il l'arracha de l'appareil et prit le cornet.

– Ne vous dérangez pas, dit-il au *Morning Telegram,* n'envoyez personne… Elle va très bien… Elle n'est pas morte… Je veux dire qu'il ne s'agit pas d'un suicide…

Hors d'haleine, il revint au bureau.

– Votre conduite est abominable ! N'êtes-vous pas honteuse ? Je comprends maintenant pourquoi ce misérable Dempsi s'est enfui loin de vous et pourquoi il a préféré périr dans la brousse plutôt que de demeurer davantage auprès d'une mégère de votre espèce !

Les Selsbury étaient gens courtois, mais il y a une limite à tout. Gordon fut cruel, méchant ; les mots qu'il prononça, il les savait blessants avant qu'ils sortissent de sa bouche.

Il regretta aussitôt son explosion de colère.

– Excusez-moi ! marmotta-t-il.

Le visage impénétrable de Diane ne décelait rien de ses pensées.

– Je regrette beaucoup. Je n'aurais pas dû dire tout cela ! Pardonnez-moi, je vous en prie.

Elle demeura muette. Ses yeux immobiles reflétaient une sourde tragédie.

Subrepticement, Gordon se glissa hors de la pièce.

Alors, elle dit tout haut, d'un ton très naturel :

– Comme c'est ridicule d'avoir fait placer le téléphone dans le bureau ! Demain, j'écrirai à l'administration pour faire changer ça !

Le dîner fut morne. Gordon sortait ce soir-là.

– Je vais au théâtre avec un ami.

– Voilà des années que je ne suis allée au théâtre, soupira-t-elle.

– La pièce que je vais voir ne vous intéresserait pas. C'est du théâtre russe à inspiration sociologique.

À nouveau, elle soupira.

– J'adore le théâtre russe. Les personnages ont une manière si douce de mourir ! C'est mieux que dans l'opérette où l'on ne sait jamais qui est le vrai héros.

Gordon frissonna.

– Cette pièce n'est pas pour les jeunes filles, fit-il gentiment.

Elle le regarda d'un air nullement convaincu.

– Si vous teniez beaucoup à ce que je vous accompagne, je pourrais être habillée en cinq minutes, suggéra-t-elle, car, au fond, je me demande à quoi je pourrais bien passer ma soirée.

– Pensez à établir le menu du déjeuner de demain, dit-il amèrement.

Et il partit.

Lorsqu'elle fut seule, elle partagea le temps entre ses pensées et le nouveau gramophone. Parfois, elle songeait à Mr Dempsi, et non sans un certain malaise. Non pas qu'elle eût aimé Michael Dempsi qui avait fait irruption dans sa vie comme un tremblement de terre dans la propriété d'un fermier californien. Il avait été pour elle un gros ennui. À présent, il était presque oublié. Elle devait faire un effort pour se rappeler sa silhouette en fil de fer, sa volubilité et sa légèreté. Elle se souvenait qu'il s'était jeté à ses pieds, qu'il l'avait menacée de la tuer, qu'il l'adorait et que pour elle, il était prêt à abandonner sa carrière ecclésiastique… Puis, par une chaude matinée, un vendredi (les roses du jardin étaient plantureuses et riches d'odeur), il avait déposé à ses pieds toute sa fortune et, les yeux remplis de larmes, il avait pris congé d'elle pour s'enfoncer dans la brousse et n'en plus revenir. La brousse se trouvait à plus de cent kilomètres. Il s'y rendit, selon sa propre expression « pour terminer une existence qui n'avait que trop duré et pour trouver l'oubli dans le grand néant ». Il semblait avoir tenu parole, car jamais le désert ne l'avait rendu. Elle ne le pleurait pas. Si parfois elle évoquait son souvenir c'est parce qu'elle conservait soigneusement empaquetées les 8 000 livres sterling qu'il avait déposées à ses pieds lorsqu'il était parti…

À sa tante, elle n'avait pas conté cet épisode tragi-comique des 8 000 livres jetées à ses pieds. Et, à présent, Diane était ennuyée. Elle avait une horreur sacro-sainte des dettes. La sensation qu'elle détenait de l'argent qui ne lui appartenait pas la tenait éveillée, la nuit. Sous aucun prétexte, elle n'aurait pu prendre un penny à qui que ce fût. Un jour, à la ferme, les tondeurs de moutons étaient venus. Elle les avait payés, mais ils l'avaient priée de conserver leur argent du samedi au lundi. Elle avait accepté avec répugnance et veillé pendant les deux nuits, assise dans un fauteuil, un revolver sur les genoux.

Diane déposa les 8 000 livres à sa banque et, pendant tout un mois, elle fit des projets de monuments à élever à la mémoire de Dempsi. Dans les pages roses du dictionnaire, au chapitre « Locutions étrangères » elle avait découvert une épitaphe singulièrement appropriée au cas qui la préoccupait :

« SATIS ELOQUENTIAE SAPIENTIAE PARUM. »

« Il avait beaucoup d'éloquence, mais peu de raison. »

Les années passèrent, augmentant son malaise. Elle fit des recherches afin de découvrir des parents du disparu. Puis, lentement, Dempsi s'estompa à l'arrière-plan de ses soucis. Un trappeur romanesque lui fit la cour. L'affaire se termina brusquement par l'arrivée peu romanesque de l'épouse du trappeur qui emporta son époux volage dans une auto de soixante chevaux…

Pendant cinq minutes exactement, Diane pensa à Dempsi. Durant le reste de la soirée, elle répéta un nouveau pas de valse, très séduisant.

– Ce que je ne comprends pas, disait Trenter à l'office, c'est que le patron permette ces choses-là. C'est tout à fait indécent pour une jeune fille d'habiter la maison d'un célibataire. Cela me rappelle une histoire que le vieux Superbus me conta un jour – c'est un huissier et il en a déjà vu de drôles dans l'existence…

– Même si on m'offrait un million, je ne voudrais pas d'un huissier comme ami, interrompit sèchement Eleanor dont la jeunesse auprès de parents continuellement endettés avait conservé le souvenir le plus mauvais des huissiers et de leurs exploits, au propre et au figuré. J'aimerais mieux un cambrioleur. Ne vous en faites pas au sujet de notre Diane, Arthur. Personnellement, je ne suis pas fâchée qu'elle soit arrivée… Et moi, est-ce que je n'habite pas la maison d'un célibataire ?… N'ai-je pas cependant aussi ma moralité ? Et la cuisinière qui est ici depuis un an au service d'un homme non marié ?

– C'est différent, hasarda Trenter.

– Alors ?

– La maison n'est plus ce qu'elle était.

La mélancolie de Trenter, en prononçant ces mots trouvait son origine dans des motifs obscurs.

Gordon, qui était un garçon pourtant fort méticuleux, ne comptait jamais ses cigares. Diane au contraire savait combien il en restait dans chaque boîte et elle avait l'œil à tout.

N'avait-elle pas remarqué d'un air sarcastique devant Trenter, hier, que les souris de Cheynel Gardens devaient avoir des goûts bien singuliers pour préférer les Flor Puros au fromage de Hollande ?

– En vérité, je vous le dis, un grand changement s'opère dans cette maison. Je le sens dans mes os... Ne riez pas. Déjà, lorsque j'étais petit j'avais le don de double vue...

– Vous devriez porter des lunettes ! dit Eleanor.

5. Mr Julius Superbus, détective

Par un bel après-midi d'arrière-été, Héloïse Van Oynne contemplait la rivière étincelante de soleil. Elle était rêveuse.

– Parlez-moi encore de Diane, je vous prie... Elle doit être fascinante, cette jeune fille !

Son compagnon esquissa un vague geste d'embarras. Il avait déjà trop parlé de sa cousine, et il regrettait sa loquacité.

– Ma foi, vous en savez autant que moi. D'ailleurs, j'espère... qu'un jour... vous finirez par la rencontrer...

Héloïse, fine et réceptive comme le sont toutes les femmes, perçut la réticence à peine masquée sous les paroles de Gordon.

Elle était attirante, cette Héloïse (Diane, elle, aurait dit « épatante »), élancée et pleine d'esprit. Ses yeux noirs et profonds celaient du mystère, un mystère décevant, fuyant, qui parfois faisait courir dans la chair de Selsbury un frisson délicieux.

Et pourtant Gordon n'était pas amoureux. Il était du reste assez ininflammable. Il s'imaginait, à tort et à raison, que lui aussi possédait un charme puissant et secret. Un jour une femme avait dit de lui qu'il ressemblait à un sphinx et cette comparaison lui était restée dans la tête.

Ah ! si Diane avait été plus âgée, si elle n'avait pas été sa cousine, si elle ne s'était pas installée de force chez lui, si elle n'avait pas défié les conventions, si elle ne s'était pas montrée si infernalement sarcastique, si imbue de sa volonté, il aurait peut-être éprouvé pour elle, un sentiment qui, que...

À propos de Diane, il se rappela brusquement, en consultant sa montre, qu'il lui avait promis d'être chez lui pour le dîner. Héloïse vit un nuage passer sur son visage et sourit intérieurement.

– Cette aventure qu'elle a eue, c'était sérieux, Gordon ? demanda-t-elle aimablement.

Gordon toussa. À chacun de leurs rendez-vous, sa partenaire de joutes philosophiques lui parlait de l'« aventure » de Diane. L'insistance d'Héloïse le tracassait. C'était logique pour les femmes ordinaires, ces questions ironiques, mais Héloïse était bien trop au-dessus de cela.

Heureusement, une brusque question de sa compagne amena un nouveau sujet de conversation :

– Gordon, qui est donc cet homme ?

Le skiff, qui, deux fois déjà, était passé devant la terrasse de l'hôtel où ils prenaient le thé, fendait à nouveau l'eau de la rivière à quelques mètres d'eux. Une nouvelle fois, le rameur, gros homme à face rouge, inspecta le couple avec curiosité.

– Je l'ignore. Est-ce que nous partons ?

Elle ne fit aucun mouvement pour se lever.

– Quand vous reverrai-je, Gordon ? La vie est si vide et si triste sans vous. Diane vous monopolise-t-elle donc déjà si entièrement ? Les gens ne nous comprendraient pas, n'est-ce pas, mon cher… Je ne vous aime pas et vous ne m'aimez pas. Si un jour, vous découvriez que vous m'aimez, vous ne me reverriez plus jamais…

Doucement, elle rit.

– Ce sont nos âmes, simplement, qui se comprennent.

Sa voix chantait, très grave :

– Entre nous coule la claire rivière de l'entendement qui de nos deux esprits en fait un seul. Cela, l'amour pas plus que le mariage ne le procure…

– Oui, c'est merveilleux, approuva-t-il, les personnes les plus extraordinaires ne se rendraient pas compte…

– Je languis après Le Jour qui doit venir, dit-elle en contemplant songeusement la rivière… peut-être ne viendra-t-il jamais ce Jour de mes Rêves…

Gordon Selsbury avait aussi l'impression que le Jour dont parlait

Héloïse ne viendrait jamais. Pendant tout l'après-midi, il avait attendu l'occasion favorable pour exprimer ses pensées.

– Héloïse, j'ai longuement réfléchi à ce projet d'excursion à Ostende. Naturellement, ce serait délicieux de passer toute une journée à deux, de vivre, sinon sous le même toit, du moins dans la même atmosphère. Le contact permanent de nos intelligences me séduirait beaucoup. Mais… croyez-vous que ce soit sage ? Évidemment, je parle en me plaçant à votre point de vue, car le scandale qui déchire la femme n'effleure l'homme que très légèrement.

Elle tourna vers lui ses yeux brillants.

– Ils disent… Que disent-ils ? Laissez-les dire ! fit-elle d'un accent prophétique.

Il hocha la tête.

– Votre réputation m'est très précieuse, prononça-t-il non sans une teinte d'émotion dans la voix, très précieuse, Héloïse. Bien que la saison touche à sa fin et que la plupart des hôtels commencent à se vider, je crois que nous pourrions rencontrer à Ostende des gens qui nous connaissent et qui prendraient nos innocents divertissements intellectuels pour, hum, pour… C'est extrêmement dangereux.

Elle se leva, riant aux éclats.

– Je ne savais pas que vous étiez tellement esclave des conventions, mon cher Gordon. Vous avez raison. Notre projet était déraisonnable. N'en parlons plus.

Sans un mot, il paya la note et monta avec elle dans son auto. Lui aussi paraissait souffrir. Personne, jusqu'à présent, ne l'avait accusé d'être esclave de l'étiquette.

Lorsqu'ils furent à mi-chemin, devant le Parc de Richmond, il dit :

– Nous irons. C'est décidé. Je vous verrai comme convenu.

Silencieusement, elle lui serra le bras. Dans la pente de Rochampton Lane, elle murmura rêveusement :

– Il y a, dans notre amitié, quelque chose de si infini… C'est trop beau presque…

Lorsque Gordon rentra, il vit Diane qui, dans le bureau, lisait une revue. Elle jeta le magazine à terre et se leva, dérangeant le bel ordre qui régnait sur la table de travail de son cousin.

– Vous êtes en retard, Gord, terriblement en retard… Le dîner est prêt depuis longtemps.

Une expression peinée se répandit sur le visage de Mr Selsbury.

– J'aimerais beaucoup que vous ne m'appeliez pas « Gord », Diane, se plaignit-il gentiment, cela me fait l'effet d'une potence, une corde de pendu… gord… corde…

– Mais il vous va, ce nom ! s'exclama-t-elle enjoignant les mains, vous ne vous doutez pas combien il vous va !

Gordon haussa les épaules :

– Peu me chaut…

– Où êtes-vous allé ? questionna-t-elle avec cette brusquerie qui lui était coutumière.

– J'ai été retenu…

– Pas à votre bureau, répliqua-t-elle promptement, car vous n'y êtes pas rentré depuis le déjeuner… Je le sais.

Mr Selsbury leva vers le plafond ses yeux pleins de détresse.

– J'ai été retenu par une affaire purement administrative ! daigna-t-il expliquer.

– Tiens ! tiens ! remarqua Diane, nullement impressionnée.

Rien ne faisait impression sur Diane. Selon sa propre expression, elle « avait passé l'âge où l'on se laisse influencer » !

Gordon, lui, en était arrivé à s'avouer secrètement qu'il trouvait sa cousine jolie. À certains égards, elle était même belle. Elle avait des yeux bleus, d'un bleu ineffable, mêlé de gris ; sa peau était semblable à du satin. Son port était harmonieux. Si elle avait été plus âgée ou plus jeune, si ses cheveux n'avaient pas été coupés court… si elle avait eu un peu plus de respect pour ceux qui le méritent, si, si, si… Les « si » se mêlaient et se confondaient dans l'esprit de Gordon.

Il marcha lentement vers la fenêtre comme s'il suivait un corbillard et regarda dans l'obscurité. Quel problème insoluble que cette Diane !

À ce moment, Trenter entra :

– Trenter !

– Oui, monsieur ?

Le valet s'approcha.

– Voyez-vous cet homme sur le trottoir d'en face ? Cet homme au teint rouge ?

C'était l'étranger du skiff. Gordon l'avait reconnu tout de suite.

– Cet homme, poursuivit Selsbury, je l'ai déjà aperçu aujourd'hui. Coïncidence vraiment étrange.

– Oui, monsieur, dit Trenter, c'est Mr Julius Superbus.

Gordon ouvrit une bouche étonnée :

– Julius Superbus ! Que voulez-vous dire ? Est-ce un ancien Romain ? Vous le connaissez ?

Trenter sourit avec suffisance.

– Oui, monsieur, Julius Superbus est son nom. Mr Superbus est un Romain, le dernier Romain demeuré en Angleterre. Il est natif de Caesaromagnus, un petit village non loin de Cambridge. C'est là que je l'ai connu autrefois alors que j'y étais en service.

Gordon fronça les sourcils. Par quel bizarre concours de circonstances avait-il vu deux fois ce quidam, une fois à Hampton à bord d'une embarcation et une deuxième fois à Cheynel Gardens où il semblait plongé dans la contemplation d'un réverbère ?

– Quelle est sa profession ?

– Détective, monsieur.

Gordon pâlit…

6. Le procédé de Double Dan

Souvent, trop souvent même, Gordon oubliait volontiers que le nom Héloïse Van Oynne était précédé du mot « Madame ». Lentement s'était formée en lui l'idée (car il était trop discret pour questionner son amie spirituelle) qu'Héloïse avait épousé un bonhomme dont le caractère et les mœurs étaient diamétralement opposés aux siens. Mr Van Oynne revêtait pour lui l'aspect d'un homme d'affaires gros et grossier, sans imagination, sans aspirations. D'un côté, l'indifférence idiote, ou la furie imbécile du mari ; de l'autre, la sensibilité douloureuse d'Héloïse, sa patience souffreteuse jusqu'au jour où elle rencontra cette âme sœur : Gordon…

À nouveau, il regarda par la fenêtre.

À gestes mesurés, Mr Julius Superbus versait le contenu d'une blague à tabac en peau de phoque dans une énorme pipe noire. C'était un de ces types d'hommes qui ne reculeraient devant rien pour parvenir à leurs fins.

Un détective !

Il se retourna avec désespoir vers Diane.

– Diane, cela ne vous ferait-il rien de me laisser seul ici pendant quelques instants ? Je désire voir quelqu'un.

Elle disparut par la porte la plus éloignée en agitant coquettement la main en signe d'au revoir.

– Faites-le entrer.

– Le faire entrer, monsieur ? répéta Trenter interloqué.

Gordon répéta l'ordre.

– Ce n'est pas un gentleman, tenta encore de dire le domestique.

En réalité, Mr Superbus était beaucoup moins qu'un gentleman. Trenter se dirigea vers le couloir, à moitié intrigué seulement par l'étrange décision de son patron, car il savait que Julius lui répéterait tantôt tout ce qu'allait lui dire Mr Selsbury.

Une pause, puis :

– Mr Superbus, monsieur.

Trenter se retira.

Rien dans l'apparence de Mr Superbus ne faisait penser à la brillante civilisation romaine. Il était très petit et se dandinait en marchant. Il était si gras qu'il n'aurait pu se tenir sur un mètre carré de terrain lui appartenant sans empiéter sur la propriété d'autrui. Sa figure était rouge et large. Il avait une moustache noire en brosse, apparemment teinte, et, sur sa tête presque chauve, vingt-sept cheveux se séparaient en deux camps, treize à gauche et quatorze à droite. Souvent Mr Superbus s'amusait à les compter. Il attendit, respirant avec bruit et triturant son chapeau dans ses mains bleuies.

– Asseyez-vous, Mr Superbus, dit Gordon d'un ton embarrassé, Trenter me disait tantôt que vous avez l'avantage d'être romain.

Avant de s'asseoir, Mr Superbus se pencha en avant comme s'il voulait se rendre compte de la présence réelle et de la position correcte de ses pieds.

– En effet, Monsieur, répondit-il d'une voix chaude et grave, je crois être un vrai Romain. Nous, les Superbus, avons une généalogie remontant aux âges les plus reculés. À présent, nous ne sommes plus que quatre : il y a moi, puis mon frère Auguste qui a épousé une jeune fille de Coventry, il y a Agrippine qui est assez heureuse avec son troisième mari – celui-là au moins n'est pas un ivrogne, je le constate avec plaisir – et enfin, il y a Scipion qui est au théâtre.

– Vraiment ! s'exclama Mr Gordon, momentanément ébloui.

– Oui, il est au théâtre, répéta Mr Superbus avec une pointe d'orgueil. Il se conduit très bien. C'est le meilleur machiniste qu'ils aient, à la Gaieté. Ah ça ! nous appartenons à une très vieille famille, en vérité ! Je ne possède pas les papiers en faisant foi, mais un vieux gentleman de Cambridge m'a dit un jour que si justice m'était rendue, j'aurais le droit, comme aîné de faire partie de la Famille Royale Romaine…

Près de Caesaromagnus se trouve l'Université de Cambridge. De vieilles personnes de l'endroit racontent volontiers qu'il y a environ cent ans, des étudiants adoptèrent un simple d'esprit du village appelé Sooper et que, par dérision, ils prononcèrent son nom à la latine : Superbus. Le surnom était resté et s'était même transformé en nom de famille.

Mr Superbus, cependant, qui avait eu vent de ces racontars, les avait accueillis avec le mépris le plus profond.

– Notre origine ? Je l'ignore… Mais vous savez très bien que, du temps des Romains, les empereurs contaient volontiers fleurette aux femmes des pays conquis…

Gordon n'accordait pas une très grande attention aux propos généalogiques de Mr Julius Superbus. Il coupa court.

– Hum, Mr Superbus, vous… Hum… vous occupez un emploi fort important, paraît-il ?… Vous êtes détective, il me semble… ?

Mr Superbus, discrètement, fit signe que Gordon ne se trompait pas.

– Ce doit être une existence bien intéressante ! s'exclama Gordon, surveiller des gens, comparaître devant le juge, témoigner, accuser…

– Jamais je ne vais au tribunal, interrompit Mr Superbus d'un ton qui ne semblait pas satisfait ; à vrai dire, mes occupations sont plutôt d'ordre commercial… et privé. Je ne suis appelé à témoigner que lorsque je m'occupe d'affaires importantes… Ainsi, pour le moment – il s'approcha tout près de Selsbury et se penchant contre son oreille, il murmura – je suis à la recherche de Double Dan…

Un poids énorme dégringola du cœur de Gordon. Après tout, Mr Superbus ne le filait pas pour le compte de Mr Van Oynne ! Ce dernier tenait sans doute, dieu merci, plus à ses chevaux et à ses meutes qu'à sa femme.

– Il me semble que je connais ce nom… Double Dan… N'est-ce pas celui qui prend l'apparence de certaines personnes pour commettre ses méfaits ?

– Vous avez deviné, monsieur ! Il est tellement adroit que… Ainsi, par exemple, l'affaire Mendelssohn…

À présent, Gordon se rappelait tout à fait.

– Ainsi, Mr Mendelssohn, poursuivit Julius… Croiriez-vous que quelqu'un pourrait se déguiser en Mr Mendelssohn et se faire passer pour lui ? Double Dan réussit ce tour de force et il escroqua ainsi plus de 8 000 livres. Son truc est simple. Il éloigne Mr Mendelssohn sous un prétexte quelconque, se rend à son bureau, signe un chèque et envoie un employé le toucher… Mr Mendelssohn, le vrai, en a été si dépité et si furieux qu'il est parti en villégiature et qu'on ne l'a pas encore revu en ville !

– Ah, je comprends ! fit Gordon, et vous agissez pour le compte de… ?

– De l'Association des Agents de Change et des Assureurs qui sont les principales victimes de Double Dan.

Gordon riait rarement. Mais, cette fois, un large sourire détendit ses traits :

– Et vous m'avez suivi pour me protéger, n'est-ce pas ?

– Pas tout à fait ! rétorqua Julius avec une réserve professionnelle. Mon but, en vous suivant, c'est de vous étudier, de vous observer, de façon à n'être pas roulé au cas où Double Dan essaierait de se faire passer pour vous.

– Voulez-vous un cigare ? demanda Gordon.

– Merci beaucoup, je le fumerai chez moi si vous n'y voyez : aucun inconvénient. Ma brave femme adore l'odeur de cigare. Nous sommes mariés depuis plus de vingt-trois ans. Nulle part au monde, on ne trouverait meilleure épouse.

– Une Romaine ?

– Non, monsieur, rectifia Julius avec gravité, elle est née dans le Devonshire.

Lorsqu'une demi-heure plus tard Diane entra dans la pièce, elle vit Gordon debout, le dos au foyer, les mains derrière le dos, la tête penchée légèrement, statue vivante de la réflexion.

– Qui est ce drôle de gnome que j'ai vu sortir de la maison ?

– C'est un homme nommé Superbus, dit Gordon arraché brusquement à sa rêverie. Il se livre à une enquête. Il recherche quelqu'un qui a volé 8 000 livres sterling.

– Oh !

Diane lâcha un petit cri effrayé et s'assit. Le spectre de feu Mr Dempsi semblait être entré dans le bureau…

7. Les hésitations de Gordon

Bobbie Selsbury plut à Diane dès le premier instant où elle le vit. Il était, en plus petit, le portrait de son frère. Comme lui, il était brusque et sceptique. Comme lui, il adorait les opérettes trépidantes et les danses modernes. Il était fiancé à une jeune fille qui résidait au Canada et aucune autre femme ne semblait l'intéresser !

Il vint dîner deux fois, et à sa seconde visite, Gordon estima que son frère connaissait assez son hôtesse indésirable pour discuter ouvertement devant lui l'inopportunité d'un séjour prolongé de la jeune fille.

– Bobbie est ce qu'on appelle un homme du monde, dit Gordon.

Lorsqu'il proclamait les qualités de ses amis ou de ses parents, Gordon affectait la manière du président qui présente un conférencier inconnu au public.

– Mon enfant, continua-t-il, Bobbie est mieux que moi au courant des usages sociaux, car moi je suis un vieux bonhomme et vous avez mené jusqu'à présent une vie de claustration. Je crois que nous pouvons par conséquent, en toute assurance, confier à

Bobbie le soin de résoudre le problème qui nous occupe. Bobbie, réponds-moi franchement : est-il convenable que Diane habite sans chaperon la même maison que moi ?

– Je ne vois vraiment pas pourquoi elle aurait besoin d'un chaperon avec un vieil épouvantail comme toi, répondit Bobbie sans hésiter. Au surplus vous êtes cousins. Elle a certainement fait de Cheynel Gardens ce qu'ils n'étaient pas avant : un lieu digne d'être visité.

– Mais le monde… protesta Gordon.

– Pas plus tard que l'autre jour, tu m'affirmais combien tu te sentais au-dessus du monde et de ses opinions, rétorqua ce traître de Bobbie. Tu me disais que les commentaires de tes semblables ne parvenaient pas à t'émouvoir. Tu disais qu'un homme doit avoir la force de se dresser contre l'opinion publique. Tu disais…

– Mes théories, l'interrompit Gordon d'un ton mordant, trouvent leur application générale dans certaines écoles de philosophie. Elles ne concernent pas, elles ne concerneront jamais les questions de maintien et de décence.

– Diane est ici, et tu peux t'estimer rudement privilégié d'avoir quelqu'un pour repriser tes chaussettes. Est-ce qu'il vous paie, Diane ?

Elle secoua la tête.

– Je subsiste grâce à mon petit capital, dit-elle plaintivement.

La discussion se termina là ce jour. La dernière phrase de Diane bourrelait Gordon de remords, et ce n'est que le lendemain qu'il aborda à nouveau la conversation.

– Je crains d'avoir parlé assez étourdiment, hier, s'excusa-t-il. Puis-je vous demander d'acheter ce dont vous avez besoin et aussi de me dire le montant des sommes qui vous seront nécessaires ?

Elle se renversa en arrière et rit doucement.

– Cher ange ! fit-elle, je n'ai pas besoin d'argent, mais pas du tout, je suis littéralement cousue d'or.

– Alors pourquoi avez-vous dit à Bobbie… ?

– J'aime qu'on m'entoure de sympathie, déclara-t-elle calmement, et personne n'est gentil envers moi, excepté Eleanor… Elle n'est pas mal Eleanor, n'est-ce pas ?

– Je n'ai jamais fait attention.

– Je le sais depuis que je sais que vous ne l'avez jamais embrassée.

Gordon mangeait du bacon à ce moment-là, c'est pourquoi aucune exclamation ne s'éleva de son gosier. En revanche, il se dressa en exhalant un grognement confus.

– Ne soyez pas alarmé, mon cher, je n'ai pas pour habitude de questionner les domestiques, mais une femme a un instinct qui la trompe rarement. Je vous excuse, Gordon, ajouta-t-elle en esquissant un geste large et plein de générosité.

– La façon dont vous envisagez la vie est réellement stupéfiante, dit-il lorsqu'il eut repris quelque calme. Qu'est-ce qui vous fait penser que j'aurais pu l'embrasser ?

– Sa joliesse, fit Diane. Tous les hommes normaux ont envie d'embrasser les jolies filles ! Si vous saviez combien il y en a qui ont essayé de m'embrasser !

Les sourcils de Gordon se levèrent jusqu'au milieu du front. Déjà il ne se révoltait plus, le pauvre. Il commençait à s'habituer aux énormités de la petite orpheline.

– Vous ne m'avez pas demandé si je leur ai permis de m'embrasser…, ajouta-t-elle après un court silence.

– Cela ne m'intéresse pas, fit-il d'une voix glaciale.

– Pas un tout-petit-petit-petit peu ?

Dans la voix de la jeune fille, une ombre d'angoisse pointait, mais cette fois il ne se laissa pas prendre au piège. Il savait déjà que c'était aux moments où Diane semblait la plus sérieuse qu'elle éclatait intérieurement de rire. Terrible jeune fille !

– Je n'ai vécu que deux romans d'amour, continua-t-elle sans prendre garde à la mine renfrognée de son cousin. Il y eut Dempsi, et puis il y eut Dingo.

– Qui était ce Dingo ?

Malgré toutes ses résolutions intérieures, Gordon s'était laissé prendre…

– Son vrai nom était Mr Théophile Shawn. C'était un homme marié qui avait cinq enfants.

– Bonté du ciel !

Gordon laissa tomber son couteau et sa fourchette sur son assiette.

– Il ne m'a jamais embrassée, expliqua-t-elle. Sa femme vint le quérir au moment où je commençais à aimer l'odeur des clous de girofle – il mangeait des clous de girofle, le pauvre. Ça fait pousser les cheveux, prétendait-il. Chaque fois qu'il était à court de clous, il sautait dans son auto et allait en acheter. Souvent, il filait ainsi dix fois par jour… Il était toute la journée avec ma chère tante qui l'avait rencontré pendant une conférence sur les taches du soleil. Ma tante ignorait d'ailleurs tout de sa femme jusqu'au jour où cette dernière vint le rechercher. C'était une femme délicieuse qui me remercia d'avoir pris soin de son époux. Elle me raconta qu'elle avait trouvé son mari très changé. Autrefois, il était toujours saoul et elle était ravie de le revoir débarrassé de sa vilaine passion. Moi, je pense que les femmes devraient bien connaître leurs maris avant de contracter mariage, ne trouvez-vous pas ?

Mr Selsbury soupira.

– Mon opinion est que vous débobinez un tas de sottises. Je voudrais bien savoir quel malheureux sera votre mari…

Elle sourit sans répondre. Assez de chocs pour aujourd'hui, pensa-t-elle.

Au moment où il se levait de table, elle se rappela soudain qu'elle devait lui poser une question :

– Gordon, cet homme qui est venu hier, cet homme au nom hébreu ?

– Romain. Vous voulez parler de Superbus.

Elle acquiesça de la tête.

– Qui l'intéressait ?

– Il était à la recherche d'un voleur, un escroc nommé… (Il leva les yeux au plafond pendant que sa mémoire travaillait.) Ah ! J'y suis ! Il s'appelle Double Dan ! C'est un malfaiteur de la pire espèce.

– Pas possible ? fit-elle, les yeux fixés sur la nappe. Vous partez, Gordon ? À quelle heure serez-vous de retour ?

– Lorsque mes affaires me le permettront, répliqua-t-il avec une urbanité extrême… Diane, vous rendez-vous bien compte que personne jamais, dans ma vie, ne m'a posé telle question ?

– Tiens… Je vous demande pourtant ça tous les jours.

– Personne, veux-je dire, excepté vous, naturellement. On ne m'a jamais demandé compte de mes allées et venues et je ne vois pas la raison que j'aurais de les détailler aujourd'hui…

– Je ne vous demande pas de rapports, je vous pose une simple question, dit la jeune fille, subitement triste. Voyez-vous, c'est à cause du dîner.

– Il se peut que je ne sois pas ici pour dîner, dit Gordon, cassant.

Et il partit à la City où l'attendaient ses affaires qui avaient tellement prospéré depuis quelque temps qu'il devait étudier une nouvelle forme de police d'assurance.

Pendant le lunch qu'il prit dans un restaurant non loin de son bureau, il passa ses pensées en revue. Pourquoi Héloïse n'avait-elle pas choisi un autre endroit qu'Ostende pour y excursionner ? Ostende… cela représentait le luxe, la vie légère et facile aux yeux des âmes pieuses et respectables. Au fait, pourquoi ne s'était-il pas montré un peu plus ferme envers Diane ? Pourquoi ne lui avait-il pas signifié, en termes plus énergiques, qu'il était absolument impossible qu'elle habitât Cheynel Gardens ?

En tolérant sa présence, n'avait-il pas atténté aux usages conventionnels ? Les « conventions ». Quel vilain mot ! Quel mot bourgeois !

N'empêche que ce projet d'Ostende, c'était de la folie, tout simplement. On le reconnaîtrait certainement, là-bas. On parlerait de lui. Sa réputation serait ruinée et celle de Mrs Van Oynne aussi. Des frissons brûlants et glacés le parcouraient tour à tour. Il ne se reconnaissait plus. Comment, il suffisait que Diane eût parlé incidemment de ses favoris pour qu'il songeât à les faire enlever alors que son coiffeur, depuis des années, – le sollicitait en vain de se débarrasser de ces ornements extra-capillaires ! Héloïse aussi lui avait demandé pourquoi il tenait à ces côtelettes qui le rendaient plus vieux qu'il n'était en réalité. Ne lui ferait-il pas plaisir, à Héloïse, s'il paraissait devant elle, les favoris rasés ? Autre chose l'ennuyait, c'était qu'on ne va pas à Ostende comme on se rend à son bureau de la City, en redingote noire et en chapeau haut de forme. Que revêtir ce jour-là ? Son costume de sport… ? Il prit une autre résolution et entra chez son tailleur en retournant à la maison. Le tailleur écouta avec beaucoup d'attention.

– Si vous allez à l'étranger, je vous conseille deux costumes en tweed. Les carreaux gris sont très à la mode, un carreau rayé imperceptiblement de rouge… Lord Furnisham m'en a commandé un pareil le mois passé et lord Furnisham est un homme aux goûts très raffinés… Et puis, ce n'est pas le premier venu… Un grand ami de l'archevêque…

Gordon examina les échantillons et fut épouvanté par leur coloris éclatant. Jamais, auparavant, il n'aurait imaginé qu'il s'habillerait un jour de gris. Et pourtant, en gris… personne ne le reconnaîtrait puisqu'il n'avait jamais porté que des costumes noir ou bleu foncé.

– Vous ne trouvez pas ce carreau gris à fil rouge un peu… ostentatoire ?

– Mes clients ne sont pas de votre avis, dit le tailleur avec autorité.

– Très bien, alors.

Gordon se décida à commander le costume.

Mentalement, il dressa le plan du voyage à Ostende. Héloïse logerait au *Majestic* et lui au *Splendid,* non loin de là. Tous les matins, ils se rencontreraient pour déjeuner dans un petit restaurant de la Place d'Armes. Ils consacreraient une journée à la visite de Bruges. Peut-être parcourraient-ils aussi le littoral ? Et puis, il y aurait des livres à feuilleter, des conférences philosophiques à écouter. À Mariakerke précisément s'était établi un Platon belge qui y exposait à ses fidèles les lois d'une nouvelle éthique. Avec Héloïse il irait l'entendre dire ce qu'il pensait du Bien et du Mal.

Dans ce voyage, une chose ennuyait Gordon extrêmement. C'est qu'il fallait trouver à Londres, un tiers à mettre dans la confidence afin que lui, Gordon, soit averti immédiatement si quelque chose d'inattendu, désastre, catastrophe ou accident survenait. Mais qui ?… Pas Diane, évidemment. L'employé de Gordon ? Rien qu'à l'idée de confier à un subalterne le secret de sa fugue, Gordon se sentit brûler de honte. Restait Bobbie.

Robert G. Selsbury avait un bureau à Mark Lane, où de 10 heures du matin à 4 heures de l'après-midi, il achetait et vendait du thé, du café et du sucre en réalisant des bénéfices coquets. Une seule fois, Gordon était allé le voir à son bureau qu'il avait trouvé étouffant et empestant les épices. Son bureau à lui, dans la Queen Victoria Street, était sévère, inodore, noble et chaste ! Tout au plus y flairait-on par moments, un imperceptible parfum de lavande, car, ennemi déclaré des microbes, Gordon s'était laissé conter par des médecins que la lavande des plaines de Mitcham tuait tous les bacilles, bactéries et autres germes nocifs.

Chaque fois que Bobbie allait voir son frère à Victoria Street, il lui semblait qu'il aurait dû circuler en pantoufles dans la calme retraite de Gordon.

Le principal actionnaire de R. G. Selsbury examinait un échantillon de thé de Chine, lorsque Gordon Selsbury fut annoncé.

– Mr Gordon ? demanda Bobbie, incrédule.

– Oui, monsieur, répéta la jeune fille.

– Faites-le avancer à l'ordre, fit le jeune homme de bonne humeur.

Gordon entra, statue vivante de la dignité.

– Qu'y a-t-il ? demanda Bobbie.

Gordon choisit un siège avec beaucoup de soin, s'assit, déposa son chapeau de soie sur la table, puis plia ses gants minutieusement.

– Robert, je suis dans l'embarras. Je désire que tu m'aides.

– Il ne peut s'agir d'argent. C'est une histoire d'amour. Dis-moi son nom.

– Ce n'est ni amour, ni argent, répliqua Gordon assez acidement, c'est… hum… une affaire très délicate.

Bobbie se mit à siffler d'un air indifférent.

– Je vais tout te dire.

Gordon se livrait à lui-même une lutte désespérée. Une envie terrible le tenaillait d'inventer une excuse, d'empoigner son chapeau, ses gants et de battre hâtivement en retraite.

– Il s'agit de Diane ?

– Non, il ne s'agit pas de Diane, fit Gordon sèchement, Diane n'a rien à voir dans cette histoire. Voici de quoi il est question, mon vieux…

Ce « mon vieux » rassura Bobbie. Son frère semblait redevenu normal. Sans montrer de signe de lassitude, il écouta l'histoire la plus insipide qu'il eût jamais entendue.

– Qui est cette Mrs Van Oynne ? demanda-t-il enfin.

– C'est… c'est… non, je préfère ne rien dire. Je l'ai rencontrée un jour à un débat organisé par la Société Théosophique. Elle est…

étonnante.

– C'est ce qu'il me semble, fit froidement Bobbie… J'espère que tu n'iras pas à Ostende, n'est-ce pas ?

Il fallut à Gordon une fameuse dose d'assurance pour répliquer :

– Au contraire. J'irai. J'ai besoin de changer d'air. J'ai besoin d'un peu de récréation intellectuelle.

– Mais pourquoi aller à Ostende pour parler philosophie et psychologie ? Battersea Park n'existe donc plus ? Ceci est vraiment la plus grande invention de fou que j'aie jamais entendue. Tu sais que si tu es reconnu à Ostende, c'en est fini de ton nom, de ton honneur et de ton crédit ? Je suppose que tu me dis la vérité, que tu n'es pas venu me raconter des balivernes. Si un autre m'avait débobiné cette histoire, je serais sceptique… À propos, as-tu pensé à Diane ?

Question étrange. Gordon fut démonté.

– Je ne vois pas ce que Diane a à voir ici…

– C'est une personne qui habite ta maison, fit Bobbie très sérieusement, ton déshonneur éventuel serait aussi le sien.

– Mais elle peut partir ! Elle peut quitter cette maison ! Comme je voudrais qu'elle s'en aille ! Enfin, Bobbie, tu ne crois quand même pas que je vais permettre à Diane de s'interposer entre moi et mes projets ? Cette orpheline, je la déteste par moments ! Je te le demande une fois pour toutes : veux-tu ou non m'aider ?

L'ultimatum était lancé. Bobbie choisit la paix.

– J'espère que je n'aurai pas trop à télégraphier, dit-il, d'ailleurs, il ne se produira rien pendant ton absence. Que vas-tu dire à Diane ?

Mr Selsbury ferma les yeux avec lassitude.

– Est-ce nécessaire que j'avertisse Diane ? Tu sais, je ne suis pas un bon menteur, moi. Tu ne pourrais pas trouver une histoire ?

Bobbie renifla.

– Je te remercie du compliment. Pourquoi ne lui dis-tu pas que tu vas à la chasse en Écosse ?

– Je déteste le subterfuge, grimaça Gordon. Au surplus, quand la chasse s'est-elle ouverte ?

– Il n'y a pas longtemps. Va en Écosse. C'est loin. Mais personne ne te reconnaîtra car tu ne seras pas par là !

Gordon crut son frère atteint d'amnésie partielle…

Puis il crut comprendre.

– Je répugne à inventer des histoires… Et puis, pourquoi dois-je rendre compte de mes déplacements ?

Diane ! Gordon était loin de supposer qu'elle aurait été un grave ennui pour lui. C'est l'esprit plein de mauvaises pensées qu'il retourna à Cheynel Gardens ce soir-là.

Un télégramme l'attendait à la maison. Son agent de New York l'avisait de ce que Mr Tilmet viendrait le voir vendredi. C'en était fait, du moins momentanément, du voyage à Ostende. L'agent new-yorkais de Gordon avait acheté, pour son compte, la maison d'assurances Tilmet & Voight, et Mr Tilmet avait exprimé le désir d'être payé – 50 000 dollars – lors de son passage à Londres, pendant un voyage en Europe. Les documents de vente étaient arrivés le matin et tout était en ordre. C'est pour régler les comptes que Mr Tilmet annonçait sa visite.

Gordon jeta un coup d'œil sur la rubrique « Navigation » dans le *Times*. Le *Mauretania* avait été signalé à 500 milles à l'ouest de The Lizard la veille à midi. Gordon se livra à un rapide calcul mental. Demain matin, les 50 000 dollars devraient se trouver chez lui. Grosse somme, mais excellente affaire, pensa Mr Selsbury. Il fit une note sur son carnet de chèques, puis monta s'habiller. Il dînait avec Héloïse ce soir-là, et il descendait l'escalier, lorsqu'il aperçut, dans le couloir, Diane qui l'attendait. Elle était en toilette de soirée. Une délicieuse robe crème l'habillait. Comme bijoux, deux colliers de perles. Il la suivit dans le bureau. Elle se retourna. C'était une Diane transfigurée, une apparition éthérée, presque irréelle tant elle était séduisante et fraîche.

– Mais, Diane, vous êtes délicieusement jolie, dit-il.

En vrai gentleman, Gordon n'avait pu empêcher ce compliment de franchir ses lèvres.

– Merci, répondit-elle avec assez d'indifférence. Cette couleur me va toujours bien. Je vois que vous dînez dehors… Où allez-vous ?

Il hésita.

– Je dîne au *Ritz*. Et vous ?

– Je vais à l'*Embassy*. Mr Collings est arrivé en Angleterre. Il est venu me voir cet après-midi et m'a invitée à dîner avec lui. C'est mon avoué et mon oncle, un gros chéri…

Gordon murmura un compliment inintelligible. Il était heureux d'être débarrassé de Diane pour quelques heures. Mais dieu qu'elle était ravissante, ce soir !

Elle sentait l'admiration muette de Gordon l'envelopper de ses ondes secrètes et, précieusement, comme une chatte, elle alla vers le bureau, y ouvrit un tiroir…

– Quoi ? Que vois-je ? s'écria Gordon indigné… Qui vous a permis ?… Mon bureau… Qui vous a donné la clé ?

– J'ai trouvé celle qui ouvrait la serrure, avoua-t-elle sans embarras, le tiroir était d'ailleurs vide. Il n'y avait dedans que quelques livres allemands que j'ai jetés. Puis, j'ai fait changer la serrure. Je dois avoir un endroit pour serrer mes affaires…

Il s'efforça de maîtriser la colère qui le gagnait brusquement.

– Quels objets ? demanda-t-il.

– Ma boîte à bijoux.

– Elle devrait se trouver dans le coffre-fort.

– Quelle est la combinaison de la serrure ?

– *Telma*, répondit-il avant qu'il se fût rendu compte de ce qu'il disait. Personne au monde ne connaît le mot !

Tout à coup, Diane ouvrit le tiroir et déposa sur le bureau un objet brillant et noir, dont la vue fit reculer Gordon…

– Vous ne devriez pas être en possession d'arme à feu, dit-il avec nervosité, un malheur est si vite arrivé lorsqu'on manie ces choses. Songez-y, vous pourriez vous tuer !

– Des sornettes ! s'écria Diane, je connais ce revolver à fond… Tenez, vous voyez le trou de la serrure là, je parie de l'atteindre trois fois en cinq coups…

– N'en faites rien, recommanda-t-il précipitamment… Votre arme est-elle chargée ?

– Évidemment ! fit-elle en lui tendant le revolver d'un geste presque tendre. Rien dans le canon, mais le magasin est plein. Voulez-vous que je vous montre comme cela fonctionne ?

– Non, mettez cette satanée chose de côté.

Diane obéit, ferma le tiroir, mit la clé dans son sac à main.

– *Telma… Telma…* fit-elle à mi-voix, je ne dois pas oublier ce mot.

– J'aimerais au contraire que vous l'oubliiez… Au fond, je n'ai jamais eu l'intention de révéler à quiconque, à vous pas plus qu'à un autre, la combinaison de mon coffre-fort. Il n'est pas juste que vous sachiez… Par inadvertance, vous pourriez…

– Je ne fais jamais rien par inadvertance. J'agis par malice ou par péché, mais toujours de ma propre volonté…

Elle jeta son manteau sur ses épaules :

– Vous pourriez me déposer à l'*Embassy* puisque vous allez au *Ritz*. À moins que vous n'alliez en compagnie de quelqu'un ?

Elle l'examina d'un regard plein de suspicion.

En vérité, Gordon avait l'intention d'« aller en compagnie de quelqu'un » et son premier objectif était Buckingham Gate. À cause de Diane, il arriva cinq minutes en retard et il s'excusa auprès de Mrs Van Oynne qui l'avait attendu stoïquement.

Au restaurant, sous l'influence de la musique, il expliqua à sa compagne la cause de son retard.

– Diane encore, fit-elle, acerbe, je crois que je commence à détester cette péronnelle ! Ah, Gordon ! Vous ne savez pas avec quelle impatiente ardeur j'attends samedi !

– Je pensais précisément que… hum… samedi est un mauvais jour… les trains sont remplis de voyageurs en week-end…

Elle poussa un long soupir.

– Nous ne devons pas voyager ensemble, concéda-t-elle avec résignation… Mon dieu, comme vous avez peur !

– Je n'ai pas peur pour moi, protesta Gordon blessé à vif, c'est pour vous que je crains… C'est ma seule pensée, je le jure… À propos, j'ai dit à Robert…

– À votre frère ? Qu'a-t-il répondu ? interrogea-t-elle, curieuse.

– Eh bien… (Gordon hésita.) Vous savez, Robert, avant tout, est un homme d'affaires. Il a peu ou pas d'imagination. Il a pensé tout de go ce que… (Gordon haussa les épaules.) ce que penserait de nous le premier venu, Héloïse…

– Ne pourrions-nous pas partir vendredi ?

– Impossible, j'ai un rendez-vous important.

Il expliqua tout à Mrs Van Oynne et insista sur l'importance qu'avait pour lui la visite de Mr Tilmet.

Pendant tout le repas, elle remarqua qu'il était distrait et lointain. Sans doute était-il rendu inquiet par l'idée du voyage prochain ? Héloïse se trompait, car Gordon pensait à Diane. Il s'avouait qu'après avoir commencé par tolérer la présence de Diane à son foyer, il trouvait une sorte de plaisir âpre à jouir de sa propre déconfiture en présence de la jeune fille. Excellente maîtresse de maison, elle avait sensiblement réduit les dépenses courantes, et pourtant, elle n'y allait pas par quatre chemins avec les fournisseurs.

L'autre jour, Diane était entrée à la cuisine juste après le passage du boucher. Elle avait jeté un seul coup d'œil sur la côtelette, un seul. Dehors, le garçon-boucher se préparait à remonter à vélo lorsqu'un morceau de viande, lancé à toute vitesse par la fenêtre de la cuisine vint l'atteindre avec violence à l'épaule... La trajectoire était parfaite. L'objet avait été jeté de main de maître. Le garçon-boucher, sous le choc, manqua tomber... Éberlué, il regarda autour de lui.

Droite et digne, Diane se tenait sur le seuil de la porte.

– Congelée ! fit-elle laconiquement... Apportez-nous de la viande fraîche ou ne mettez plus les pieds ici !

Le garçon-boucher partit dans un état voisin de l'apoplexie. Mais, le lendemain, la viande était infiniment meilleure.

Trenter, qui touchait une petite commission de tous les fournisseurs, avait été très fâché par l'attitude offensante de Diane envers le boucher, et il s'était plaint à Mr Selsbury qui avait pris la chose assez sévèrement.

Ce soir pourtant, au milieu des lumières éblouissantes du restaurant, en face de Mrs Van Oynne, il considérait l'aventure de la côtelette sous un angle plein de mansuétude.

– Pourquoi souriez-vous ? lui demanda Héloïse.

– Je souriais ? s'excusa-t-il. J'ignorais totalement. Je pensais... hum... à quelque chose qui est arrivé au bureau.

Il se rendit tout à coup compte qu'il venait de mentir pour Diane, pour cette intruse !...

... Mr Collings, avoué éminent, avait bien assez d'amis à Londres et parmi eux beaucoup de grosses légumes de l'Australia House. Diane qui s'était rendue à l'*Embassy*, croyant dîner en tête à tête avec son « oncle », y fut accueillie par de graves et mûrs personnages accompagnés de leurs épouses. Elle fut présentée à un sous-secrétaire d'État pour les Colonies. Elle s'arrangea pour demeurer le plus près possible de lui lorsqu'elle apprit, par une bribe de conversation, que le sous-secrétaire d'État était un des futurs ministres dont on parlait pour le prochain gouvernement. Gordon avait besoin d'un titre nobiliaire, pensa la prévoyante Diane, et elle braquait ses premières batteries.

8. Trenter est dans le secret

Lorsque, cette nuit-là, elle fut de retour à la maison, Gordon était arrivé avant elle. Il était taciturne et pensif et, à l'encontre de son habitude, il ne s'était pas mis au lit, comme il le faisait toujours lorsqu'il revenait du théâtre ou d'une soirée.

– Vous êtes-vous amusée ? demanda-t-il.

– Oui. J'ai fait la connaissance de la crème du ministère des Colonies… Et vous ?… Je suppose qu'elle a été ennuyée lorsque vous êtes arrivé en retard ?

– Oh, cinq minutes… La dame était naturellement…

– … de mauvaise humeur ?… interrompit-elle… C'était donc vraiment une lady ? Gordon… montrez-la moi…

Il sourit.

– Elle ne vous intéresserait pas, Diane. C'est plutôt une intellectuelle.

Diane ne parut pas offensée de la remarque.

– La seule chose pour laquelle je donne raison aux Bolchevistes, dit-elle sans animosité, c'est qu'ils ont commencé par supprimer l'« intelligentsia »… Ils en avaient sans doute assez d'entendre parler d'introspection et spiritualisme. Dites-moi, de quoi parlez-vous avec cette dame ? Du bi-métallisme ou du libre arbitre ?

Amusé, il répliqua :

– Nous parlons de livres, de gens… Et vous ?

Elle jeta son manteau sur le dos d'une chaise, attira un tabouret près du feu et chauffa ses genoux devant l'âtre rougeoyant. Gordon, l'âme emplie de pudeur, fit quelques pas en arrière.

– Nous avons discuté du commerce et de la supériorité du bœuf d'Australie. Nous nous sommes exclamé sur la difficulté qu'il y a à trouver des domestiques… Ah, nous avons aussi papoté sur le compte de Mrs Carter-Corillo… Imaginez-vous qu'elle a fait une fugue… Oh, pas très longue, trois jours… Mais, comme le disait si bien lady Pennefort, dans trois jours il y a trois fois vingt-quatre heures… Mrs Carter fut folle et le jeune homme qu'elle entraîna avec elle encore plus fou. On les a vus ensemble. La carrière du jeune homme est irrémédiablement brisée. L'innocent… il allégua comme excuse à leur fugue un intérêt commun dans certaines pierres archéologiques de la région d'Abbeville, car tous deux sont très forts en histoire de l'art.

– Et pourquoi ne serait-ce pas vrai ? demanda Gordon d'un air mordant, prêt à prendre envers et contre tous le parti du jeune secrétaire d'ambassade qui avait commis l'imprudence de faire une excursion archéologique en France avec une femme mariée. Pourquoi un homme et une femme n'auraient-ils pas des intérêts scientifiques identiques ?

– Nous verrons ce qu'en penseront les juges qui auront à se prononcer sur la demande en divorce introduite par Mr Carter-Corillo, répondit froidement Diane.

– Pour quels motifs ? Incompatibilités d'écoles archéologiques ? demanda Gordon sarcastiquement.

– Ne faites pas l'innocent. Vous savez que les conventions sont les secondes lois de la société. Celui qui les transgresse est capable de transgresser aussi la loi tout court.

Il la regarda, surpris de sa froide inconscience.

– Comment ! Et vous qui habitez ici, sans chaperon, avec un célibataire…

– Des cousins, c'est différent. Personne n'a jamais dit que le troisième secrétaire d'ambassade était le cousin de Mrs Carter-Corillo. Cela eût fait évidemment une différence. D'ailleurs, tout le monde sait combien vous me détestez.

– Je ne vous déteste pas, fit-il après un moment de réflexion, mais puisque vous le croyez, pourquoi vous obstinez-vous à rester ?

– J'ai une mission à remplir, dit-elle d'un ton qui n'admettait aucune réplique.

Et la conversation en resta là.

Le lendemain, pendant le déjeuner, Gordon lui fit part de son départ imminent.

– J'ai l'intention d'aller en Écosse, chasser la grouse, dit-il, humble comme un écolier à son premier mensonge.

– Qu'est-ce que les grouses vous ont fait ? demanda-t-elle, en ouvrant bien grand ses beaux yeux bleus.

– Rien. Mais il est d'usage de les tuer à cette époque de l'année. En Australie la chasse existe également, je suppose ?

– Je ne sais pas. J'ai chassé le wallaby et le dingo, mais je n'ai jamais tué d'oiseau. Vous allez en Écosse ? C'est très loin. Gordon, cela m'ennuie. Je serai inquiète à votre sujet. Les journaux de ce matin relataient précisément un affreux accident de chemin de fer. Vous me télégraphierez ?…

– À chaque gare, répliqua-t-il ironiquement, mais honteux de lui-même lorsque Diane le remercia avec ingénuité.

– Merci, je suis heureuse. Je n'y puis rien, mais une peur horrible me tenaille lorsque des personnes que j'aime vont en chemin de fer. Si vous voulez, je pourrais moi-même télégraphier aux gares et à votre hôtel, pour avoir de vos nouvelles.

Gordon se rendait compte à présent que, dans un moment de folie et de déraison, il avait compliqué à l'extrême une situation déjà embrouillée par elle-même.

Fuir, s'excuser, rire de l'anxiété simulée ou réelle de Diane, il n'y fallait pas songer… Et intérieurement, il envoya Héloïse ! au diable avec le damné génie qui avait mis cette idée d'excursion dans leur tête !

Trenter préparait le smoking de son maître lorsque Gordon entra dans son cabinet de toilette.

– Hum, ne sortez pas, Trenter… Quand avez-vous pris vos vacances ?

– La première semaine d'avril, monsieur.

Gordon réfléchit.

– Connaissez-vous l'Écosse ?

– Oui, monsieur, j'y ai accompagné d'anciens patrons qui allaient à la chasse.

– Bien. Le fait est, Trenter, que je dois m'absenter pour une mission particulière. C'est du plus grand secret même pour mes amis intimes. Il y a des raisons, des raisons péremptoires que je ne vais pas vous expliquer ici, pour lesquelles, je dois me rendre à un certain endroit alors qu'on me croit en un autre…

Trenter devina et du premier coup atteignit le but :

– Une dame, monsieur ? fit-il respectueusement, sans mauvaise intention, et avec l'unique idée de rendre hommage à l'esprit chevaleresque de Selsbury.

– Non !

Gordon rougit de colère.

– Non et non, vous dis-je. Mes affaires n'ont rien à voir avec les femmes.

– Excusez-moi, monsieur.

– Je ne désire pas discuter avec vous au sujet de ma mission. Ce que je veux dire, le voici. Miss Ford, souffrant des nerfs ces jours-ci, m'a demandé de lui envoyer des télégrammes aux étapes de mon voyage.

– Et vous voudriez que je me rende en Écosse et que je les envoie à votre place ! dit Trenter d'un air inspiré.

– Exactement. Je vois que vous m'avez compris. D'autant plus que si le télégramme tombe en d'autres mains, une certaine tierce personne sera également trompée.

Trenter approuva d'un air entendu. Il se demandait qui cette tierce personne pouvait bien être. Gordon lui-même l'ignorait. Il commençait simplement à s'habituer à mentir et à forger des fables.

– Pas un mot aux autres domestiques ! recommanda-t-il.

Le bon serviteur sourit. Jamais Gordon ne l'avait vu sourire. C'était un spectacle bien étrange que le visage détendu de Trenter.

– Non, monsieur. Je leur dirai que ma tante de Bristol est malade (c'est la vérité) et que vous m'avez accordé un congé pour aller la voir. Combien de temps dois-je rester absent, monsieur ?

– Une semaine.

Mr Trenter se rendit au quartier des domestiques d'un air important.

– Le singe m'a donné une semaine de congé pour aller voir ma tante. Je pars demain.

Eleanor, méfiante de nature, intervint :

– C'est si soudain. Bien drôle. Le patron s'en va demain aussi. Vous êtes des démons, vous les hommes. Nous, les femmes, nous savons combien nous devons nous méfier de vous…

Trenter sourit avec mystère. Cela le flattait qu'on le comparât à un démon…

– Hum, hum ! toussota-t-il.

– Miss Diane part-elle aussi ? demanda la cuisinière.

– Avec lui ou avec moi ? rétorqua Trenter, insolent… Non, mes belles, elle ne part pas avec lui, en tout cas, et je n'en blâme pas le patron. Ce n'est pas une lady, voilà mon opinion.

– Taisez-vous ! hurla Eleanor d'une voix perçante, je vous défends de parler ainsi de miss Diane !

– Ah, vous les femmes, vous vous tenez toujours ensemble ! soupira Trenter.

– Et vous les hommes, vous ne tenez à rien du tout… D'ailleurs, miss Diane est trop bonne pour le singe… Ha, ha ! Je suppose que vous partez tous les deux dans un but plutôt louche ?… On ne me la fait pas, à moi !… Vous êtes un fameux lapin et votre femme peut vous avoir !

– Je vous ai dit, je vous l'ai dit quarante millions de fois, que je ne suis pas marié ! rugit Trenter, en colère… J'ai « dû l'épouser » parce qu'« il » voulait un homme marié comme valet de pied… Si j'avais dit que j'étais célibataire, je n'aurais pas eu la place… Votre colère finira par vous jouer un mauvais tour, ma fille…

– Ne dites pas de bêtises… et surtout, n'en dites pas de miss Diane.

– Je ne me casserai pas la tête pour elle en tout cas, fit Trenter agressif, et pour vous encore moins…

9. La future victime de Double Dan

Autrefois, lorsque Trenter le connaissait plus intimement, Mr Julius Superbus exerçait la profession d'huissier. Il saisissait les meubles des faillis, il portait des sommations à domicile, il confisquait des propriétés, bref, il se livrait à tous ces actes qui contribuent à rendre si impopulaire la fonction d'huissier attaché au tribunal civil.

Mr Superbus, cependant, monta en grade et, un jour, il éprouva le suprême orgueil de voir son nom orner une plaque de cuivre à la porte d'un des bureaux d'une importante compagnie d'assurances.

Mr JULIUS SUPERBUS

Premier préposé aux enquêtes.

Mais Mr Superbus, plein de vanité, avait ajouté sur ses cartes de visites dans un coin, en petits caractères, le mot « détective ». Il avait également réclamé à ses supérieurs une médaille de nickel, destinée à être fixée au revers de son veston et qui, prétendait-il, devrait l'aider dans « des cas difficiles ».

Ainsi équipé, Mr Superbus pouvait à loisir se donner un faux air de limier de Scotland Yard.

Mr Superbus adorait le cinéma, il y passait la majeure partie de ses soirées. Il aimait par dessus tout les films dépeignant les malheurs de jolies filles pauvres que des traîtres sans vergogne, mais bouffis de richesses, poursuivent de leurs assiduités… Les jeunes filles étaient habituellement sauvées au dernier moment par de jeunes et beaux héros aidés de détectives à face glabre et flegmatique, fumant imperturbablement un cigare énorme et qui terrorisaient les criminels rien qu'en montrant au revers de leur veston le petit insigne édifiant de la police. Dans sa candeur ingénue, Mr Superbus se figurait être le policier imperturbable. Il sauvait des orphelines, arrêtait des bandits, venait en aide aux jeunes héros et fumait sans arrêt un gros cigare. Brave Mr Superbus !

Devant la fenêtre ouverte de sa salle à manger, Mr Superbus était dans un état de méditation très profond. Quoique le temps fût assez frais, il était en manches de chemise. Homme à sang plutôt froid, il n'était guère sensible aux variations de la température.

Ce n'était un secret pour personne que Mr Superbus traversait la Serpentine à la nage tous les 25 décembre, même lorsqu'avant de pouvoir piquer une tête dans l'eau froide, il devait au préalable casser la glace à coups de pioche. Pour cet exploit, son portrait paraissait chaque année, le 26 décembre, dans tous les journaux illustrés du pays.

Son excellente épouse entra en frissonnant. Moins bonne nageuse que son mari, elle se contentait de recourir aux bienfaits de l'eau dans une salle de bains de 2,10 m sur 1,20 m.

– Tu attraperas la mort dans ce froid, Julius, le réprimanda-t-elle… A-t-on jamais vu s'asseoir devant une fenêtre ouverte du matin au soir à ne rien faire !

– Je ne suis pas occupé à ne rien faire, répliqua calmement Julius, je pense.

– C'est précisément ça que j'appelle ne rien faire, dit Mrs Superbus en trottinant autour de la table sur laquelle elle étala la nappe.

Elle appréciait au plus haut point la valeur de son mari et l'admirait secrètement pour ses nombreuses qualités, mais elle était d'avis que l'harmonie de son ménage eût été détruite si elle lui avait montré trop ouvertement les sentiments qu'elle éprouvait pour lui.

– La façon dont tu t'occupes de certaines choses me dépasse, avoua-t-elle.

– Chez moi, c'est le cerveau qui travaille, expliqua modestement Julius.

– Tu as tant d'idées… Je me demande pourquoi tu ne fais pas du théâtre…

Mrs Superbus était convaincue que la scène serait la dernière étape de la carrière incomparable de son cher époux, sa plus chère récompense, le plus bel honneur qui lui serait décerné, but final d'une lente et laborieuse évolution cérébrale.

– Ce qui me tracasse pour le moment, c'est Double Dan… Mais je suis venu à bout d'autres mystères que le sien… Je le démasquerai, aussi fort qu'il soit !

Elle l'approuva d'un lent hochement de tête.

– La façon dont tu as réparé la citerne la semaine passée m'a émerveillée… Après cela, je te crois capable de tout… Qui est Double Dan ?

– C'est un escroc, un parasite de la société, un vampire humain, mais je finirai bien par lui mettre la main au collet !

– Cela m'étonne que la police ne soit pas à ses trousses…

– La police ! s'exclama-t-il d'un rire qui sonna faux… Non, bobonne… pas la police, car, entends-moi bien… celui qui capturera Double Dan sera un malin… un type intelligent… doué de facultés…

– Je ne connais personne qui soit plus intelligent que toi, dit Mrs Superbus avec admiration.

Mr Superbus accepta le compliment avec dignité. Ne lui était-il pas dû ?

Comme tous les détectives privés, ou soi-disant, et les Sherlock Holmes amateurs, Mr Julius Superbus avait pour la police officielle un mépris souverain. Et pourtant, le peu qu'il savait de Double Dan, la nouvelle que Mr Gordon Selsbury serait probablement sa nouvelle victime, il le tenait de Scotland Yard… Il avait appris la nouvelle de la bouche d'un fournisseur dont la servante avait comme fiancé un policeman commis aux écritures dans les bureaux du chef de la police métropolitaine.

Après le déjeuner, Mr Superbus endossa son paletot et se rendit à son aise à Cheynel Gardens. Gordon était sorti et c'est Diane qui le reçut.

– Comment, c'est vous Mr…

– Superbus, dit obligeamment Julius.

– C'est vous, le Romain !

Mr Superbus répondit d'un signe affirmatif. Il aurait pu ajouter « ultimus Romanorum », s'il avait su le latin. Au lieu de cela, il expliqua :

– Il n'en reste pas beaucoup, de notre race, en Grande-Bretagne.

– Je vous crois. Asseyez-vous et prenez une tasse de thé. Vous désirez probablement voir Mr Selsbury, mais il ne sera pas de retour avant une heure.

– C'est-à-dire que j'étais venu pour le voir et pour ne pas le voir, fit Julius assez hermétiquement… Le fait est que je voudrais surveiller de près certain individu. J'aimerais avoir un œil sur lui.

– Vous parlez de ce monsieur appelé Double Dan ?… Qui est-il, Mr Superbus ?

– Eh bien, madame…

– Pardon, mademoiselle.

– On ne le dirait pas, fit-il, dans un effort pour être galant… Ce Double Dan est une manière de brigand, un desperado qui, je crois, doit venir de l'Ouest…

– L'ouest de Londres ?

– Non. D'Amérique. C'est là que vivent tous les desperados. Et c'est là qu'ils vont tous aussi…

Elle écouta avec une grande attention lorsque Mr Superbus conta, avec force détails plaisants, les mille et un méfaits de Double Dan.

– Il n'y a rien que cet individu ne puisse faire, Miss… Il se transforme en échalas ou en barrique. Il se fait tour à tour grand, petit, gras, maigre, vieux, jeune. Mon opinion est qu'il fut autrefois acteur…

– Acteur ?

– Oui, de vaudeville. Une chose est certaine, c'est qu'il roule tous les policiers lancés derrière lui. Aussi le seul espoir de le voir un jour arrêté est de compter, non pas sur les détectives, mais sur les spécialistes, sur ceux qui, par leurs études, ont poussé l'art de la recherche à un degré insoupçonné…

Et Mr Superbus se rengorgeait, en prononçant ces paroles… Soudain, il se rembrunit, lança autour de lui un regard méfiant…

– En tout cas, c'est au tour de Mr Selsbury maintenant.

Diane se dressa de son siège comme mue par un ressort.

– Vous voulez dire que c'est lui que Double Dan volera ?

Mr Superbus, gravement, hocha la tête affirmativement.

– Ceci apparaît des renseignements confidentiels que j'ai pu rassembler.

– Mais Mr Selsbury sait-il ?

– Je lui en ai déjà parlé, à mots couverts, miss… Mais je crois qu'au fond, il ignore qu'il est menacé par Double Dan… Lorsqu'un homme se sent visé par un bandit, il perd son assurance et il tend plutôt à gêner la police qui est chargée de le protéger.

Le dernier Romain secoua tristement la tête.

– Si j'ai bien compris, reprit Diane… Double Dan procède de la façon suivante : un jour que Mr Selsbury sera absent, il s'introduira ici, déguisé en Mr Selsbury et il fera main basse sur tout ce qu'il trouvera de précieux ?

– Ce qui l'intéresse surtout, ce sont les chèques et l'argent. Il travaille en gros, ce garçon, et ne s'embarrasse pas de menu fretin… Or, soyez sans crainte, il ne partira pas avec des cuillers d'argent… L'argenterie ne l'intéresse pas. C'est un grossiste dans le métier d'escroc. Voici des années que je surveille ses agissements.

– Ce que vous me dites est très alarmant, dit la jeune fille après un long silence.

– J'en conviens et c'est pourquoi vous devriez avoir ici, pour vous protéger et veiller sur vous, quelqu'un qui ne craint pas Double Dan. Mais il doit être malin et posséder, ce que j'appellerais l'expérience des milieux criminels.

– Vous voulez parler de vous-même ? questionna Diane en s'empêchant à grand'peine de sourire.

– Oui, moi, fit Mr Superbus, modestement… Si j'étais vous, miss, j'en dirais deux mots à Mr Selsbury. Venant de sa fille, le conseil l'impressionnera peut-être plus.

Lorsqu'ils se séparèrent, il prit la petite main de Diane dans sa grosse patte rouge, lui dit au revoir en l'appelant « miss Selsbury » et la pria de présenter ses civilités à son père. Lorsque Gordon rentra, elle lui raconta la visite.

– Quel Superbus ! s'écria Gordon, il est venu pour faire une petite affaire, mais je me demande pourquoi il a commencé par vous alarmer !… Il faudra que je parle de ceci au Comité de l'Association.

– Il ne m'a pas alarmée, protesta Diane, excepté lorsqu'il m'a priée d'en parler à mon père disant que sa fille saura peut-être le convaincre de prendre un garde du corps…

– Comment, tempêta tout à coup Gordon, il s'imagine que je suis votre père !… Il en a du toupet, ce quidam !… Écoutez Diane, si j'étais vous, je ne m'alarmerais pas à cause de Double Dan… Qu'il ait roulé le vieux Mendelssohn, je n'en disconviens pas… Mais Mendelssohn est un vieux Don Juan qui s'est fait prendre comme un benêt dans les rets de cette belle aventurière qui travaille pour le compte de Double Dan.

Le lendemain, Gordon apprit par le journal que le bateau de New York était arrivé. Il résolut de demeurer chez lui, ce jour-là et il envoya son comptable toucher pour lui un chèque se montant à 11 000 livres sterling.

– Je veux 50 000 dollars en billets, dit Gordon, vous les achèterez à la Banque d'Angleterre. Apportez-les moi en taxi, Miller. Vous avez dit au bureau qu'on me téléphone les télégrammes qui arriveraient pour moi ?… Bien. Qu'on n'y manque pas surtout, car j'attends un message de Mr Tilmet.

Deux heures après, alors que Mr Selsbury venait de serrer les 50 000 dollars dans son coffre-fort, le message attendu arriva.

Mr Tilmet télégraphiait de Paris qu'il avait débarqué à Cherbourg et qu'il serait à Londres dimanche. Le soir du même jour, il quitterait l'Angleterre pour la Hollande. Gordon, furieux de voir ses plans dérangés, envoya de bon cœur l'Américain à tous les saints du paradis.

L'après-midi, il vit Héloïse. Elle était si joyeuse à l'idée du voyage projeté que Gordon n'eut pas la force de lui demander de le décommander. Ils prirent rendez-vous pour 10 heures et trois quarts à Victoria d'où ils voyageraient séparés jusqu'à Ostende. La traversée serait probablement calme car la météo annonçait une mer douce et de légers vents d'est.

Trenter avait fait la valise de son maître. Il y avait enfermé un des nouveaux costumes de Gordon, ce gris à carreaux avec filets rouges, que le tailleur avait envoyé au dernier moment.

La valise avait été transportée dans le plus grand secret à un hôtel dans les environs de la gare de Victoria. C'est dans cet hôtel que Gordon devait procéder à sa métamorphose. Il ne restait à présent plus qu'une seule chose à faire : préparer les télégrammes que Trenter devait envoyer pendant son voyage en Écosse. Gordon les rédigea d'un cœur d'autant plus léger qu'il se disait que ses télégrammes serviraient à confondre l'imposteur, si par hasard il profitait de son absence pour se présenter chez lui, sous ses apparences.

Le cœur plein du désir de bien faire, Gordon en arriva même à se persuader qu'en préparant les télégrammes mensongers destinés à donner le change à cette innocente Diane, il accomplissait une bonne action.

Il inscrivit sur le premier « Euston… Viens de partir. Gordon ».

D'York, d'Édimbourg et d'Inverness, il écrivit : « Bon voyage. Tout va bien. Gordon ».

10. Le fiancé d'outre-tombe

Ce jour-là, Diane demanda à Gordon de lui prêter quelqu'argent.

– J'avais demandé le transfert de mon compte à la succursale de la banque d'Australie à Londres, dit-elle, mais il y a du retard. J'ai téléphoné aujourd'hui, on m'a répondu que le transfert n'avait pas encore été effectué. Sauvez-moi de la misère, Gordon. Je suis une femme ruinée !

Elle exhibait dramatiquement un porte-monnaie vide, retourné. Son cousin ressentit une bizarre satisfaction en signant le chèque qu'elle lui demandait, et retrouva un peu de ce sentiment paternel qu'il éprouvait pour elle à certains moments.

– Dire que si vous m'aviez renvoyée je serais morte de faim ! s'exclama-t-elle en acceptant le chèque. Gordon, sous des dehors rudes et peu engageants, vous cachez un cœur d'or.

– Je souhaite parfois que vous soyez un peu plus sérieuse, dit-il en souriant.

– Et moi je souhaite toujours que vous le soyez moins, répond-it-elle.

À cause de Diane, Gordon était maintenant privé temporairement de l'usage du bureau l'après-midi. Les qualités dynamiques de Diane se manifestèrent à nouveau par l'arrivée d'ouvriers venant installer le téléphone du bureau de Mr Selsbury dans le hall. Il hésita d'abord. Mais Diane était pétulante, espiègle, et lui ne se sentait pas d'humeur à chamailler.

Bobbie vint dîner ce soir-là, et, quand ils furent seuls, lui posa une question qu'il s'était déjà posée bien des fois à lui-même :

– Pourquoi continuez-vous à mener ce genre de vie, Diane ? Vous avez beaucoup d'argent et vous pourriez avoir une existence très agréable, au lieu de vous embarrasser de Gordon.

Elle leva les yeux sous ses cils recourbés :

– Gordon désire-t-il que je reste ? L'a-t-il jamais désiré ? Non, monsieur ! Quand je suis arrivée, j'avais laissé mes bagages dans le couloir. Je voulais lui demander l'adresse d'un bon hôtel. Je n'avais pas la moindre intention de rester… Jusqu'au moment où je m'aperçus qu'il était pris d'une véritable panique à l'idée que je pourrais demeurer. Lorsqu'il se fit paternel et me traita de « chère petite fille », ma décision fut prise, je restai… Le jour où Gordon désirera que je reste, je filerai.

L'atmosphère de la maison était chargée d'électricité, Bobbie le sentait. Quant à Diane elle éprouvait un malaise qui ne provenait certes pas de l'ennui d'argent causé par l'erreur des employés de banque. Même dans le hall des domestiques, régnait une certaine nervosité. Eleanor était agitée de sinistres pressentiments.

– Je suis sûre qu'il va arriver quelque chose, glapit-elle d'une voix aiguë.

– Ne soyez pas ridicule, dit Trenter, d'un ton mal assuré.

– J'aimerais tant que vous ne partiez pas… sanglota-t-elle. L'idée de votre départ me donne la chair de poule… Ce type qui rôde devant la maison depuis quelques jours ne m'inspire pas confiance, mais pas du tout… La première fois que je l'ai vu (Eleanor parlait de Mr Superbus), je me suis dit : « Cet individu doit être un bandit »…

– C'est vrai, fit la cuisinière, même que vous avez ajouté : « Je suis certaine que ce personnage va nous amener des ennuis ».

Gordon Selsbury se mit au lit à 10 heures. À 3 heures, il se leva, descendit dans son bureau et fit bouillir de l'eau. Pendant que le café passait, il ouvrit le coffre-fort, prit les 50 000 dollars, les compta soigneusement et les remit à leur place.

Il eut tout à coup l'impression que son coffre-fort n'était pas assez robuste et il se dit que, lorsqu'il reviendrait de voyage, il donnerait des instructions pour qu'on lui en fournisse un autre, plus solide. La maison de Gordon était un champ d'expériences idéal pour les cambrioleurs… Là, par cette grande baie à vitraux, comme il serait facile d'entrer !… Un petit canif pour couper le plomb des vitraux et on s'introduisait dans le bureau comme dans une église. Dans un coin de la pièce, tout près de la fenêtre, se trouvait une petite porte masquée par une tenture. Elle ouvrait sur la cour et ne servait jamais. Seul l'ancien propriétaire de la maison aurait pu dire pour quelle raison elle avait été ménagée à cet endroit. Il s'appelait Grigglewaite. Trois fois il avait divorcé et, pour l'instant, il habitait au paradis, si du moins on en croyait l'épitaphe qui ornait sa pierre tombale.

Gordon alla à l'étage chercher son passe-partout, descendit, ouvrit la porte dissimulée et sortit dans le jardin. L'obscurité la plus complète y régnait et le silence n'était troublé que par le souffle humide et doux du vent. Au bout du jardin se trouvait une autre porte donnant accès à un passage latéral. Le mur quoique assez élevé ne constituait pas à vrai dire un obstacle infranchissable pour un professionnel du vol. Gordon frissonna et retourna à son café. Le feu qu'il avait ravivé répandit en lui un baume rassurant. Il aurait avec joie donné 1 000 livres sterling, même 10 000 pour que la folle aventure n'eût pas lieu… pour pouvoir rester avec… oui… avec qui ? mais avec Diane parbleu !

À la lumière de cette révélation qui se faisait jour en lui, il se prit d'une certaine méfiance envers lui-même, comme si dans son tréfonds deux personnages différents s'affrontaient. Et pourtant, il n'y avait pas à se le dissimuler, Diane lui était bien chère ! Ah, s'il s'était montré un peu plus loyal envers elle ! S'il avait un peu moins parlé de Dempsi ! S'il avait moins ridiculisé cette passade de jeunesse, cette aventure entre un petit garçon et une petite fille ! S'il s'était montré plus généreux, enfin ! Jusqu'à l'aube, il pensa à Dempsi. Comment était-il, comment parlait-il, quel aspect avait-il ? Ces pensées l'occupèrent sans répit jusqu'au moment où, derrière la verrière multicolore, le point du jour se montra faiblement.

Rien dans l'aventure que se proposait Gordon ne l'enthousiasmait. Il allait à son destin comme vers une chose froide et monotone. Il en ressentait la médiocrité et frissonna de tout son être. Pourquoi donc Diane était-elle toujours si gentille ?

Hier, Gordon s'était dit également qu'il devrait charger Diane de bien vouloir s'occuper de Mr Tilmet lorsque ce dernier se présenterait à Cheynel Gardens. Personne d'autre qu'elle ne pourrait mener l'accord à bonne fin.

– Mais bien volontiers, répondit-elle lorsque Gordon lui en avait parlé. Avez-vous le reçu et le contrat ? À propos, vous savez que ce contrat est sans valeur s'il n'a pas été établi par un notaire américain ? Ma tante avait acheté un jour un puits de pétrole situé dans le Texas et elle dut recourir à un attorney yankee avant de pouvoir signer l'acte de vente.

– Et elle a encore été volée par-dessus le marché ? demanda Gordon. Toutes ces affaires de puits de pétrole ne sont-elles pas des attrape-nigauds ?

– Elle y a gagné au contraire 70 000 livres. Ma tante avait un amour irrésistible des transactions hasardeuses… À propos, les billets sont dans le coffre-fort ?

– Avec le contrat et le reçu. Vraiment, Diane, vous êtes presque une business woman !

– Je ne demanderais pas mieux que de vous croire sur parole, rétorqua-t-elle, mais je voudrais quand même voir l'argent.

Il ouvrit le coffre-fort. Elle prit les billets, les compta un à un puis elle ferma la porte et tourna la serrure.

– Bien. Pendant votre départ, je m'occuperai du grand nettoyage. J'ai demandé au vitrier d'envoyer quelqu'un pour nettoyer les fenêtres. Vos vitres sont dans un état navrant. D'ailleurs, puisque Trenter part en même temps que vous, j'aurai besoin de gens supplémentaires ici. Je ferai venir un ménage d'extras. Il y a une mansarde ici, je compte les y faire loger. Est-elle prête à recevoir quelqu'un ?

Diane allait, venait, active, diligente, donnant des ordres, projetant des plans. Et Gordon, subjugué, charmé malgré lui, l'admirait…

Eleanor, entrant le matin pour mettre le bureau en ordre, le trouva, vêtu de sa robe de chambre, endormi dans son fauteuil devant les cendres du foyer éteint.

Le cri de surprise de la domestique l'éveilla.

– Oh, monsieur, vous m'avez fait une de ces peurs !

Il se leva d'un bond et la regarda de côté.

– C'est vrai ?… Je regrette, Eleanor. Voulez-vous envoyer Trenter dans ma chambre ?

Gordon était courbaturé. Mauvais début d'un jour qui s'annonçait si fâcheux.

Un bon bain procura quelque soulagement à Mr Selsbury.

Au déjeuner, Diane lui demanda :

– Gordon, Eleanor m'a dit qu'elle vous avait trouvé endormi devant le foyer. À quelle heure étiez-vous descendu ?

– Vers 3 heures. Je me suis rappelé soudain que j'avais oublié d'achever un travail fort important.

Elle avait les traits soucieux.

– Pourquoi ne pas partir par le train de nuit ? Vous pourriez dormir… suggéra-t-elle avec un sourire aimable.

– Oh, ça ira, dit-il avec une gaieté factice.

La conversation prit un autre tour. Bobbie arriva pour recevoir les dernières instructions de son frère. À sa vue Gordon se sentit irrité et son « Bonjour » claqua sèchement, comme un coup de fouet.

– Lorsque vous serez parti, dit la jeune fille, je demanderai à Trenter de me montrer ceux de vos vêtements qui ont besoin d'être réparés et d'aller chez le teinturier.

– Trenter part avant moi, dit-il hâtivement. Il doit prendre le train pour Bristol, sa tante est gravement malade.

– Qu'avez-vous ? fit soudain Bobbie.

Gordon se retourna, prêt à lancer une méchanceté, mais ce n'était pas lui que son frère regardait avec angoisse… Ses regards étaient dirigés vers Diane, brusquement blanche comme une morte. Ses yeux étaient emplis d'une terreur qu'elle ne parvenait pas à dissimuler, ses joues s'étaient creusées. Gordon sauta de son siège et courut à elle.

– Dites-moi ce qu'il y a… s'écria-t-il, sincèrement remué.

– Rien, rien, haleta-t-elle… C'est peut-être l'idée de la séparation… Je suis toujours un peu bébête lorsque mes cousins s'en vont !

– Avez-vous reçu de mauvaises nouvelles ?

Devant elle se trouvait son courrier décacheté. Elle secoua la tête en signe de dénégation :

– Non. Les comptes du boucher sont un peu embrouillés… Ne me regardez pas comme ça avec des yeux tout ronds, Bobbie, c'est très impoli.

Dans sa main, elle dissimulait la lettre qu'elle venait de lire.

Mr Dempsi était ressuscité. Il était à Londres en ce moment.

Les premières lignes de sa missive étaient éloquentes :

« Ma fiancée adorée, je suis venu t'arracher aux autres… »

Tout à fait le style et le ton de Dempsi !

11. Le vide dans le coffre-fort

Dix minutes plus tard, Bobbie entra sans frapper dans la chambre de son frère, interrompant sans le vouloir un entretien qui paraissait plein d'intérêt si l'on en devait juger par la façon dont, en hâte, Trenter fourra dans ses poches plusieurs formules télégraphiques... pas assez vite cependant pour que Bobbie ne les vît... Il s'abstint de tout commentaire, jusqu'au moment où Mr Trenter, après avoir revêtu ses plus beaux habits, disparut par la porte de rue.

– Où court-il comme cela ? demanda-t-il à son frère.

– Il est pressé d'aller rendre visite à sa vieille tante qui est malade, expliqua Gordon.

– Il a, en tout cas, l'air bien funèbre. Ce chrysanthème notamment, à sa boutonnière, lui donne un aspect très macabre... Ce cher Trenter... fait-il aussi partie de ta petite mise en scène, mon frère bien-aimé ?

– Je ne sais pas ce que tu veux dire par mise en scène, répliqua Gordon, acerbe. J'ai eu grandement tort de te raconter mes affaires.

– Je sais ça. Et tu ne m'aurais évidemment rien dit si tu n'avais eu besoin de moi pour t'aider au cas où il y aurait eu du grabuge... Je te connais, va.

Gordon lança vers lui un regard chargé de colère.

– Sois tranquillisé sur mon sort. Je ne ferai pas de grabuge, comme tu le dis si élégamment.

– Je te crois. Mais personne au monde ne serait de mon avis.

– Tu ne comprends pas, tu ne comprendras jamais ce que sont les affinités secrètes, fit Gordon, cet entendement et cet élan qui, que, qui... que personne ne pourrait te donner... Cette magie qui, que, enfin, qui charme un homme, le ravit, tue en lui tout sens des responsabilités et des obligations...

Bobbie hocha sentencieusement la tête.

– Je sais ce que tu as... une femme.

Gordon se leva d'un bond.

– Bobbie, cria-t-il rageur... Je me tue à te dire qu'il ne s'agit pas ici d'une histoire d'amour comme toutes les histoires idiotes ordinaires…

– N'empêche qu'elles donnent bien du fil à retordre aux juges et aux détectives, ces histoires… Tu dois me prendre pour un type cynique, n'est-ce pas, Gordon ? Mais vois-tu, c'est mon droit. Je suis célibataire. La dame a-t-elle un mari ?

– Héloïse est mariée, répondit Gordon, gravement.

– Héloïse ?… Je dois me souvenir de ce prénom. Je suppose que le rôle de Trenter est d'expédier des télégrammes de façon à donner un semblant de véracité à tout ce que tu as raconté ici ? À propos, comment est-elle ?

Gordon n'avait aucune envie de fournir des détails.

– Tu sais, si tu as envie de me mettre des bâtons dans les roues…

– Ne fais pas le baudet, Gordon, il n'entre nullement dans mes intentions de te trahir, parce que, pour une raison extraordinaire et qui me dépasse, je crois à tes histoires d'affinités philosophiques et d'entendement platonique…

On frappa à la porte. C'était Eleanor.

– Monsieur, pourriez-vous recevoir Mr Superbus ?

– Non, fit Gordon, mordant. Allez me chercher un taxi.

– Qui est Mr Superbus ? demanda Bobbie.

– C'est le détective dont je t'ai parlé. L'homme qui surveille Double Dan.

Bobbie, suivant une habitude qui exaspérait Gordon au plus haut point, modula un sifflement aigu :

– Double Dan ! By Jove ! Je ne pensais plus à lui. Gordon, sais-tu que tu risques beaucoup en partant maintenant ? Y a-t-il de l'argent dans la maison ?

– Je te l'ai dit.

– Je crois que tu divagues, mon vieux. Tout ce que tu me racontes, c'est « Je te l'ai dit »… Ton cerveau bat-il la campagne ?

– Eh bien, je te répète alors que dans le coffre-fort il y a 50 000 dollars commis à la garde de Diane. Le mot est *Telma*, je le lui ai dit et je puis sans crainte te le confier également. Cet argent est destiné à Tilmet qui viendra ici dimanche. Diane s'occupera de lui.

– Double Dan, répéta Bobbie songeur… Il n'aura aucune difficulté à se faire passer pour toi, Gordon, car tu es un type bien défini. Moi-même je me surprends parfois à imiter certains de tes gestes, certaines inflexions de ta voix. Un peu de pompe, un peu de préciosité dans la façon de s'exprimer, l'allure un tantinet prétentieuse...

D'un geste furieux, Gordon lui intima l'ordre de sortir de la pièce. Sa patience allait briser ses digues.

Lorsqu'il descendit, Diane était sortie et il n'en fut pas fâché. Il remarqua que le cornet du téléphone reposait sur la table. Il le prit et le remit dans sa fourche.

– Où est miss Ford ? s'enquit-il.

– Miss Ford a dû sortir. Elle m'a dit de vous transmettre ses adieux, lui dit Eleanor. Mr Superbus demande si vous ne pourriez pas le recevoir.

– Non, je ne désire pas avoir d'entretien avec Mr Superbus. Dites-lui... dites-lui ce que vous voudrez, enfin... J'ai un train à prendre...

Il fila si rapidement que Bobbie oublia tout à fait de lui demander un renseignement très important, l'adresse à laquelle il devrait lui télégraphier au cas où quelque chose de grave se produirait. Bobbie, s'il y avait absolument tenu, aurait pu rejoindre son frère à la gare, mais une sorte de délicatesse intérieure lui interdisait de se montrer à Mrs Van Oynne. Il s'assit et attendit le retour de Diane, l'esprit troublé par l'émotion qu'elle avait manifestée au reçu d'une simple lettre. Car Bobbie avait vu la lettre que la jeune fille avait tenté de dissimuler... Sous sa main, il avait aperçu une page d'écriture fine et serrée. Diane avait donc des secrets !...

Quant à Gordon, quel maniaque ! Quel fou ! Quel illuminé !

Bobbie se leva de son siège, hésita un instant, puis se dirigea vers le coffre-fort.

Sa main se porta machinalement sur le bouton... Il forma le mot *Telma*. La porte s'ouvrit...

Dans le coffre il y avait un reçu et un contrat de quatre pages.

D'argent, pas de trace !

12. Les huit mille livres de Dempsi

Une demi-heure après, Diane était de retour, mais sur ses traits se lisaient encore les effets du choc qu'elle avait éprouvé au déjeuner.

– Bonjour, Bobbie !

Elle le regarda dans les yeux :

– Que se passe-t-il ?

– Diane, articula-t-il gravement, vous devez avoir des ennuis…

Distraitement, elle lança son chapeau sur la table.

– Des ennuis ? Mais j'en ai par-dessus la tête, mon cher ! répondit-elle d'une voix qui voulait être gaie.

Il ne sourit pas.

– Gordon m'a dit qu'il avait déposé 50 000 dollars dans son coffre-fort à l'effet de payer un Yankee qui viendra ici dimanche. Il m'a révélé la combinaison de la serrure.

Elle se tenait droite devant lui, les mains derrière le dos :

– Et alors ?

– Alors ? Il n'y a pas d'argent dans le coffre !

Silence…

– Et savez-vous pourquoi ? demanda-t-elle.

– Je l'ignore. Cette aventure m'ennuie souverainement. Gordon n'a-t-il pas emporté l'argent avec lui ?

Elle secoua la tête.

– Non. C'est moi qui l'ai pris, Bobbie… car Dempsi est vivant !… Oui, reprit-elle en secouant la tête désespérément, il vit… J'ai reçu une lettre de lui ce matin, treize pages !… Je suis pleine d'anxiété et d'appréhension.

– Mais je croyais qu'il s'était perdu dans la brousse…

Elle sourit d'un sourire douloureux et se laissa tomber dans le fauteuil qui avait servi à Gordon la nuit précédente.

– On l'a retrouvé, expliqua-t-elle, il avait les fièvres… Il errait dans les plaines désertiques. Le délire le possédait. C'est dans cet état que des nomades l'ont rencontré. Ils l'ont pris avec eux, l'ont soigné, l'ont remis sur pied… Vous savez, Bobbie… Dempsi est mi-italien, mi-irlandais… Laquelle de ces deux moitiés est la plus folle ?…

Bobbie la considéra pendant un long moment.

– Sait-il que vous n'êtes pas mariée ?

Elle ne répondit pas.

– Eh bien ? fit le jeune homme.

– Non, répondit calmement Diane. Il m'a appelée au téléphone tantôt et ses premiers mots furent : « Êtes-vous mariée ? Non ? Dans ce cas nous nous marierons demain... Si vous êtes mariée, vous serez veuve ce soir ! »

– Qu'avez-vous répondu ? demanda Bobbie, le cœur étreint d'angoisse et de peur.

– Je lui ai dit que j'étais mariée, fit-elle avec un calme qui l'étonna... C'était la seule réponse à lui faire, car je n'aurais pu, raisonnablement, lui expliquer ce que je faisais ici, si je lui avais dit que je n'étais pas mariée. Il s'est mis alors dans une rage telle que j'ai dû ajouter que j'étais veuve... Bobbie, mentir n'est pas difficile, hein !

Bobbie était incapable de répondre quoi que ce soit.

– Comme il m'accablait de questions, j'ai dû lui dire que je vivais ici avec mon oncle Isaac – vous savez, j'ai eu autrefois un oncle de ce nom... Ce n'était, à vrai dire, pas un oncle... mais un oncle adoptif... hum... que moi j'avais adopté, enfin... Il est mort dans une crise de *delirium tremens*... suivant en cela l'exemple montré par tous les membres de ma famille qui, tous, ont tenu à se distinguer dans un domaine ou l'autre... De toute façon, Bobbie, je ne pouvais pas lui dire que j'habitais seule une grande maison ni que j'y habitais avec un homme... Quelle veine que Gordon soit parti !

L'esprit et les nerfs surexcités, Bobbie arpentait la pièce de long en large...

– Et les 50 000 dollars ? demanda-t-il.

– Je lui devais de l'argent. Avant sa fuite dans la brousse, il y eut entre nous une scène terrible. Il voulait que je fuie avec lui et lorsque je manifestai l'intention très nette de n'en rien faire, il me jura ses grands dieux qu'il allait se suicider. On l'aurait pris pour un fou. Il pleurait, sanglotait, m'embrassait les pieds. Soudain, il se releva, et se mit à courir... C'est alors qu'on le crut égaré dans les vastes solitudes où l'on meurt de faim et de soif... Malheureusement, il a raté sa sortie...

– Et cet argent ?

– Il me l'a lancé à la tête avant de s'enfuir. Comme Dempsi n'avait pas de famille, j'ai mis l'argent en banque avec le mien…

Elle se mordit les lèvres et poursuivit :

– J'avais l'intention de faire ériger un si beau monument à sa mémoire.

Bobbie soupira, soulagé.

– Eh bien, ma chère enfant, comme vous lui avez certainement fait parvenir son argent, le pire est passé. Vous pouvez aller en chercher d'autre, les banques ne ferment pas avant midi.

– Comment le remplacer ? demanda-t-elle sèchement. Je n'ai d'autre argent en banque que les quelques livres au moyen desquelles je me suis fait ouvrir un compte… J'ai pris les 50 000 dollars dans le coffre-fort… j'ai mis 8 000 livres à mon compte. Voici le reste.

Elle lui tendit quelques billets fripés.

Bobbie la regarda stupéfait.

– Mais ce-ce Tilmet, cet-cet Am… Américain ? Vous devez pourtant le payer ?

– Je m'imaginais que vous trouveriez cet argent pour moi ! prononça-t-elle de l'air le plus innocent du monde, les yeux candidement suppliants.

Il consulta sa montre.

– Cela n'ira pas sans formalités… Vous vous imaginez donc qu'on réalise 8 000 livres en deux heures… Cet argent de Gordon est déposé à votre banque ?

De la tête, elle approuva.

– J'envoie un chèque à Dempsi. Il est descendu dans un petit hôtel d'Edgward Road.

– Il a donc fait allusion à l'argent ?

– Tout à fait incidemment… Mais vous comprenez, n'est-ce pas, je ne veux pas avoir de dettes sur la conscience… Ffffff !

Elle s'éventa d'un geste de la main.

Bobbie prit les 10 000 dollars restant et les enferma soigneusement.

– Je vais examiner ce que je puis faire. Puis-je téléphoner ?

– Oui, je vous en prie. Vous pouvez faire tout ce qu'il vous plaît, excepté m'obliger à épouser Dempsi, dit-elle d'un ton las.

Bobbie téléphona à sa banque et sa conversation n'eut rien d'optimiste. Le caissier lui apprit qu'à la suite de récents gros paiements, son solde avait fondu comme par enchantement… Quant à avancer une si grosse somme… le caissier croyait qu'il n'était même pas nécessaire de déranger le directeur pour apprendre de sa bouche même combien il réprouvait de tels usages…

Bobbie, énervé, ne savait plus où donner de la tête lorsqu'Eleanor entra, un télégramme en main. Diane le lui arracha et poussa un cri de triomphe.

– Sauvés !

– Qu'y a-t-il ? dit Bobbie en prenant le message.

Le télégramme, signé du secrétaire de Mr Tilmet, avait été envoyé de Paris : *Crains que Mr Tilmet ait grippe. Ne pourrons venir Londres que dans quinze jours.*

– Dieu soit béni pour cette grippe ! s'écria Diane.

Bobbie essuya son front mouillé de sueur.

– J'ai envie de mettre le reste de l'argent en sûreté, dit-il, je n'aime pas le laisser dans cette maison.

Pour toute réponse, elle ouvrit le tiroir du bureau et montra la gueule noire du browning.

– Les cambrioleurs sont ma spécialité, dit-elle.

– Cela ne vous ferait-il rien de ranger cette arme ? Quelle créature assoiffée de sang vous faites !

– Vous avez raison ; Bobbie, en ce moment, je me sens pleine de désirs de meurtre… Qu'y a-t-il, Eleanor ?

– Voulez-vous recevoir Mr Superbus, miss ?

– Je ne savais pas qu'il était là ? Priez-le d'entrer.

Grave comme un sénateur, Mr Julius Superbus entra et fut présenté à Bobbie.

Son air de mystère montrait qu'il désirait avoir un entretien privé avec Diane, mais cette dernière lui expliqua les liens qui l'unissait à

Mr Gordon Selsbury et le digne détective se décida à parler.

– Je suis fort marri d'avoir raté Mr Selsbury, dit-il, car mon agent secret m'a fait parvenir, la nuit passée, des renseignements très détaillés sur certaine bande qui…

– Vous voulez parler de Double Dan ?

Diane éclata de rire. Pour l'instant, elle semblait n'avoir aucun souci au monde.

– Il n'y a pas de quoi rire, mademoiselle, fit le dernier Romain en hochant sentencieusement la tête et en s'asseyant à la façon d'un empereur.

– Non, vraiment, il n'y a pas de quoi rire, madame… heu… miss… Tenez, si Double Dan entrait en ce moment, là, par cette porte… déguisé comme il sait l'être, vous croiriez voir entrer votre père…

Diane leva la main pour protester :

– Permettez-moi de vous signaler en passant que Mr Selsbury n'est pas mon père.

D'un geste élégant, Julius fit signe qu'il permettait.

– Dan est tout simplement merveilleux… Tenez, ce matin même, je disais à cette excellente Mrs Superbus que, si pendant une de mes absences, elle voit entrer chez nous un gaillard qui pourrait être moi, elle doit immédiatement lui enlever la chemise… J'ai un grain de beauté sur l'épaule, madame, heu… miss. Pourquoi les appelle-t-on grain de beauté ? Voilà un mystère que jamais je n'ai pu percer…

Diane se tourna vers Bobbie :

– Ce que nous raconte Mr Superbus est assez alarmant.

– Je l'ignore, fit Bobbie, il y a beaucoup de gens qui ont des grains de beauté.

– Ne faites pas l'innocent. C'est de Double Dan que je parle.

– Pourquoi viendrait-il ici ? demanda Bobbie qui, à part soi se disait que le contenu du coffre-fort valait bien la visite d'un malandrin.

C'est Mr Superbus qui répondit.

– Tout le monde pense cela. Mais ils ont toujours une raison, lorsqu'ils viennent, miss. Mon excellente épouse me disait : Pourquoi viendrait-il chez nous, ce Double Dan ? Mais je lui fis remarquer que…

Il s'interrompit brusquement et regarda le coffre-fort en face de lui :

– Qu'y a-t-il là-dedans ? Des valeurs ?

– Pas beaucoup, répondit Diane hâtivement. Parlez-nous de Double Dan, Mr Superbus.

Mr Superbus sourit d'un sourire satisfait.

– Je suis celui qui sais le plus de choses sur lui au monde, dit-il modestement. Voilà comme je suis, moi ! C'est un type très adroit qui travaille avec sa poule… hum, je veux dire avec une femme… Il la fait passer, à tort ou à raison, pour son épouse. C'est elle qui lui procure les renseignements sur les personnes que Double Dan roulera… Vous comprenez leur système ?

– Je vois, fit Diane, elle étudie le bonhomme, le décrit à son complice et l'attire au loin pendant que Double Dan procède à sa mystification…

– Elle est fine et rusée, je ne vous dis que ça ! Savez-vous comment elle attrape les hommes ?… Elle se lie… hum… d'amitié avec eux…

– Vous ne voulez pourtant pas dire que c'est ainsi qu'elle a procédé avec le vieux Mendelssohn qui doit avoir au moins soixante-cinq ans !…

Mr Superbus éclata de rire. Il était amusé, le cher homme !

– Soixante ans, mais, ma chère demoiselle, c'est l'âge le plus dangereux ! Ce fut un jeu pour elle… Elle est d'autant plus fine qu'elle s'attaque de préférence à des gens cultivés… Elle a elle-même des connaissances générales étendues, et, si je puis m'exprimer ainsi, elle prend ses mouches par les discussions philosophiques et littéraires… Vous connaissez ce genre de bas-bleu, n'est-ce pas, miss ?

– Est-ce qu'elle se fait passer pour une femme mariée ? demanda Diane amusée.

– Oui, il y a toujours un mari dans les coulisses. Parfois il habite à l'étranger, parfois il est dans un asile d'aliénés. La plupart du temps, enfin, il ne gêne pas.

Bobbie tituba et de la main chercha le dossier d'une chaise pour y prendre appui. Heureusement, Diane ne s'aperçut pas de son émoi.

– Et, alors, que se passe-t-il ?

– Alors ?… Lorsqu'elle a bien embobiné les malheureux, elle les attire au loin, fort loin… Et pendant qu'ils sont absents, Double Dan opère… Il a mis à profit les indications de sa complice pour étudier la voix de sa victime, son allure, ses tics… Bref, il se met complètement dans la peau du personnage qu'il étudie… Vous me comprenez, miss ? Pas mal imaginé, hein ! Dire que c'est moi qui ai rassemblé tous ces renseignements intéressants sur Double Dan !

– Et après ? La… hum… la jeune fille ? s'enquit Diane.

– Oh ! elle s'esquive sous un prétexte ou l'autre. Elle dit que son mari est revenu brusquement de l'étranger et qu'elle doit retourner immédiatement chez elle… Naturellement, l'homme victime de ce stratagème ne revient pas tout de suite chez lui, car il a fait savoir ordinairement, avant son départ, que son absence durerait une quinzaine de jours.

– Quelle machination ! s'exclama Diane.

– C'est mon opinion, appuya Mr Superbus…

– En tout cas, sourit Diane, nous ne devons pas nous faire, de mauvais sang en ce qui concerne Mr Selsbury…

Mr Superbus ne répondit pas, mais son visage soucieux disait à suffisance ses craintes personnelles à l'égard de Gordon…

Il regarda autour de lui de l'air d'un conspirateur prêt à révéler un secret important et puis :

– Il a quitté la ville, n'est-ce pas ?

– Oui.

– Pour combien de temps ?

– Pour huit jours.

Superbus se gratta le menton.

– Hum… La chose est plutôt délicate… Puis-je me permettre, miss, de vous demander si Mr Selsbury est parti pour affaires ou…

– Ou pourquoi ?

– Hum… en aventure galante ?…

Diane rit doucement.

– Non, non pas ça… (Puis, se rembrunissant :) Quelle sorte de femme serait partie avec lui ? Je veux dire, est-ce une jolie femme ?…

– Je l'ignore, miss, et surtout, j'ignore les goûts éventuels de Mr Selsbury.

– Vous partez, Bobbie ?

Bobbie, qui s'était levé, suivait le détective prenant congé de la jeune fille.

– Oui, je dois voir quelqu'un…

Sa voix était incohérente, ses mains tremblaient.

En ce moment-là il était résolu à rattraper Gordon, car il était peut-être encore temps.

Lorsque Bobbie fut parti, Diane sonna et lorsqu'Eleanor entra, elle vit sa maîtresse assise devant le secrétaire, séchant l'écriture d'une enveloppe au moyen d'un buvard.

– Mettez votre chapeau, Eleanor, et allez porter cette lettre à l'*Hôtel de Marble Arch*. Prenez un taxi.

– Oui, madame, répondit la soubrette, surprise.

– Et demandez à voir Mr Dempsi.

Diane essaya péniblement de paraître enjouée…

– Si… s'il embrasse la lettre ou se livre à quelque démonstration de ce genre, ne montrez pas votre étonnement. C'est un homme très impulsif… Il se peut même qu'il vous embrasse, d'ailleurs…

Eleanor se raidit…

– Vous croyez, miss ?

– Il ferait ça sans mauvaise intention, je vous assure… Il embrasse toujours les gens qu'il voit pour la première fois, expliqua Diane qui, en bonne diplomate, pensait à l'avenir… Je… Je… Je ne serais pas surprise s'il m'embrassait lorsqu'il viendra me voir, car nous sommes de vieux amis… et vous savez, en Australie… on s'embrasse beaucoup plus souvent qu'ici…

– C'est vrai, madame ? dit Eleanor sentant s'éveiller en elle un intérêt soudain pour les mœurs des peuples qui composent le puissant Empire britannique.

– Je crains que Mr Selsbury, au contraire, ne comprenne pas ces façons d'agir, continua Diane… Les hommes sont plutôt d'esprit étroit… Si vous lui en parliez…

– Dieu, madame, je ne dirais jamais un mot de cela à Mr Selsbury.

Avant de partir, Eleanor, qui s'était habillée, entra encore au bureau.

– Excusez-moi, miss Ford, mais je pense brusquement à une chose… Si, par hasard, ce gentleman m'embrassait… auriez-vous l'extrême obligeance de n'en souffler mot à Mr Trenter ?

– Comptez sur moi, Eleanor, répondit Diane avec fermeté. Nous, les femmes, nous devons nous soutenir les unes les autres.

Par la fenêtre, elle épia le départ de la servante, puis se renversa dans son fauteuil. Les journaux s'entassaient devant elle sur le bureau. Elle en prit un, l'ouvrit, essaya de se plonger dans la lecture d'un fait-divers à scandale sans réussir à distraire ses pensées du drame qui se jouait dans son cœur.

Elle entendit frapper et se retourna. Ce n'était pas de la porte que venait le coup, mais plutôt de la fenêtre à vitraux. Dans la baie se trouvait une petite vitre carrée, mobile…

Le cœur battant, Diane traversa la pièce. Derrière la vitre se profilait une tête.

La gorge étreinte d'émotion, elle demanda :

– Qui est là ?

La voix qui lui parvint lui glaça le sang.

– Comment ? Vous ne me reconnaissez pas, mon adorée ?

– Mr Dempsi ! s'exclama-t-elle… Vraiment, vous ne devez pas entrer… Oh non, vous ne pouvez pas ! Mon oncle Isaac n'est pas à la maison et je ne puis vous recevoir !

Elle avait ouvert la vitre et regardait les yeux brillants et le menton barbu de Dempsi. Un vaste sombrero dissimulait la figure de l'aventurier et de ses épaules tombait une longue cape noire aux plis élégants. On eût dit un personnage d'opéra-comique.

– Je… je ne puis pas vous voir maintenant ! C'est tout à fait impossible… Ne… ne voulez-vous pas repasser mercredi prochain ?

Ainsi donc, Dempsi était devant elle ! Vaguement, elle reconnaissait le profil de son soupirant. Il offrait d'ailleurs peu de ressemblance avec le visage d'enfant qu'elle avait connu en Australie… Mais l'éclat des yeux, les gesticulations de la main suffisaient pourtant…

– Diane, haleta-t-il, je suis sorti du tombeau pour vous reprendre !

– Oui, oui, oui, mais pas maintenant, fit-elle tandis qu'une angoisse douloureuse serrait sa gorge… Retournez dans votre tombe jusqu'à 3 heures. Je vous verrai alors.

L'ombre disparut. Comment Dempsi était-il entré… Elle rouvrit la vitre et vit une forme noire escalader le mur avec l'adresse d'un chat… Lentement, Diane gravit l'escalier qui menait à sa chambre, ferma la porte derrière elle et se laissa tomber lourdement sur son lit.

À ce moment-là, elle se rappela qu'un jour, sa tante excédée des assiduités de Dempsi avait, devant elle, préparé un piège à balle qui devait l'envoyer *ad patres* s'il s'était permis d'entrer dans la maison sans y être expressément invité. À ce souvenir, des larmes embuèrent ses yeux.

– Pauvre tante, sanglota-t-elle, comme tu savais ce que valent les hommes !

13. Gordon Double Dan

Dans sa chambre d'hôtel, devant la glace, un rasoir en main, le visage barbouillé de savon, Gordon hésita… Car, sacrifier des favoris, c'est, dans la vie d'un homme, un acte qui ne manque ni de gravité, ni de solennité. L'instant semble si irrévocable, la décision a été si longue à venir que ce n'est pas sans un frisson qu'on approche le rasoir de la joue. Il est vraiment étonnant qu'aucun poète n'ait, jusqu'à présent, mis ces émotions en vers.

Gordon durcit les muscles de sa mâchoire et attaqua ses ornements capillaires d'une main ferme… La lame brilla dans la lumière d'un soleil pâle. L'acte était consommé !

Lorsqu'il eut enlevé la mousse qui le faisait ressembler à un clown, Gordon se regarda avec étonnement. Il avait complètement changé, à son avantage, du reste. Deux coups de rasoir l'avaient rajeuni de dix ans.

– C'est enfantin ! s'exclama Gordon, d'un ton assez indifférent.

Il se tourna vers le lit sur lequel se trouvait le carton contenant son costume, son laineux costume à carreaux gris et petit filet rouge.

L'impression produite par l'échantillon du tissu s'était estompée dans son esprit, et il fut littéralement stupéfait lorsque le costume s'offrit à sa vue. L'étoffe en était terriblement voyante, le pantalon était large, d'une largeur exagérée comme c'était la mode. Ce n'était pas un pantalon, c'étaient des drapeaux…

Gordon sentit une sueur froide couler le long de ses tempes et sa main tremblante chercha un mouchoir.

Il ne pouvait décemment mettre ce costume-là, se parer de ces boutons futuristes, s'affubler de cette défroque bonne tout au plus pour des souteneurs ou des piliers de bars !

Que mettre alors ? Sa redingote noire et son haut-de-forme ?… Pour traverser la Manche ?… Ridicule aussi…

Le temps passait, impitoyablement. Gordon enfila le pantalon. Après tout, il n'était pas si affreux que ça ! Il continua de s'habiller.

Devant la haute glace de la garde-robe il se contempla avec ahurissement.

Une chose était certaine. C'est que son ami le plus intime ne l'aurait pas reconnu. Heureusement que son paletot couvrirait toute cette mascarade. Le nouveau Gordon Selsbury qu'il avait devant les yeux le fascinait.

– Comment allez-vous ? demanda-t-il en s'inclinant cérémonieusement.

Le personnage en face de lui lui rendit sa courbette. C'était un étranger complet pour Gordon… un jeune bookmaker, un… Difficilement, Gordon s'arracha à son examen et fit hâtivement ses paquets. Il sonna trois fois pour le valet. (Il fallait sonner une fois pour la bonne et deux fois pour le commissionnaire.) Naturellement, ce fut la chambrière qui arriva… Heureusement, l'hôtel où était descendu Gordon était un caravansérail où les hôtes font des séjours de courte durée. On arrive le soir, on part le matin. Aussi, la bonne ne manifesta-t-elle aucun étonnement à la vue du changement opéré en Mr Selsbury.

– Faites venir le valet, demanda Gordon.

Lorsque le domestique fut là, Gordon lui donna des instructions au sujet de la valise qu'il laissait à l'hôtel et dans laquelle il avait serré son vieux costume, et de sa boîte à chapeau contenant son haut-de-forme.

– Mettez ces objets au vestiaire de l'hôtel, dit-il au valet, je viendrai les reprendre vendredi prochain.

Mais le domestique le regarda avec insistance. Il avait servi jadis dans un cercle select de Pall Mall.

– Excusez-moi, n'êtes-vous pas Mr Selsbury, s'il vous plaît ?

Gordon rougit jusque dans la nuque.

– Oui, je suis Mr Selsbury, dit-il avec hauteur, tout en regrettant intérieurement de n'avoir pas choisi un autre hôtel.

– Si j'étais vous, dit le valet très respectueusement, je ne laisserais pas ma valise à l'hôtel.

Il ajouta, avec les meilleures intentions du monde :

– Vendredi prochain, nous aurons un grand dîner ici, donné en l'honneur d'un ministre. L'hôtel sera plein de gens du monde. Je suppose que vous ne tenez pas particulièrement à être reconnu, n'est-ce pas ?

Gordon était si éberlué qu'il ne pensa pas à protester.

– Dites-moi par quel train vous reviendrez, j'irai vous attendre avec votre valise que je vais aller déposer à la consigne de la gare, si vous le permettez, suggéra le valet d'un ton presque paternel.

– Merci… euh…

– Mon nom est Balding, monsieur. J'ai été garçon au Club des Universitaires…

– Oui… Je vois… Je pense que vous avez là une idée excellente. Le fait est que je pars en mission et… euh… je dois prendre garde… Il s'agit de dizaines de milliers de livres…

– Je comprends, monsieur.

Balding comprenait fort bien. Il était habitué à rencontrer des gentlemen dans le cas de Mr Selsbury et il savait combien, à certains moments psychologiques, la diplomatie et l'adresse peuvent venir à point.

Gordon mit un billet dans la main de Balding qui se confondit en remerciements :

– Oh, merci beaucoup… merci mille fois, monsieur ! Je vais prendre votre valise, maintenant.

Il saisit la poignée.

– Arriverez-vous par le premier train continental ou le deuxième, vendredi prochain ? Celui d'Ostende arrive à 4 h 30, celui de Paris à 8 h 30.

– 4 h 30, répondit Gordon.

Le sort en était jeté. Il prit la deuxième valise, plus petite que celle qu'il avait confiée à Balding ; il se rendit à la caisse où il paya sa note et partit.

Le troisième quart de 10 heures sonnait au moment où il entra dans la gare de Victoria. Le train partait à 11 heures. Ce n'était pas la peine de se presser. Dans sa poche, Gordon avait son ticket de place réservée dans un Pullman. La journée était assez maussade. Les coups de vent succédaient aux échappées de soleil. Il releva le col de son paletot. Le bulletin météorologique annonçait :

« Vents de nord à nord-ouest. Mer moutonneuse à mauvaise. Visibilité bonne. »

Gordon regarda autour de lui. Héloïse n'était-elle pas encore là ? Déjà, il se sentait mal à l'aise et éprouvait une insurmontable envie de ramasser sa valise et de s'en aller, lorsqu'il la vit arriver, affairée, jetant de brefs coups d'œil derrière elle. L'émotion empreinte sur son visage fit battre plus vite le cœur de Mr Selsbury.

– Vite, suivez-moi à la salle d'attente ! lui jeta-t-elle en passant devant lui.

Comme dans un rêve, Gordon obéit, prit sa valise et marcha sur ses traces.

La grande salle était, à ce moment, presque vide. Héloïse le mena vers le coin le plus éloigné et le plus désert.

– Gordon… Gordon… Une chose affreuse !

Le sein de la jeune femme se soulevait tumultueusement.

– Gordon… mon mari… il est revenu inopinément du Congo… Il me suit… Il est presque fou !… Oh, Gordon, qu'ai-je fait ?… Il jure ses grands dieux que je ne l'aime plus, que mon affection est ailleurs… Il dit qu'il ne sera tranquille que lorsqu'il aura tué celui qui lui a volé mon amour… Vous savez, Gordon, mon mari est pour la méthode forte, c'est un admirateur acharné de Pierre le Grand !…

– Est-ce vrai ? répliqua Gordon faiblement.

C'est tout ce que Mr Selsbury trouvait à répondre.

Mrs Van Oynne continua d'une voix entrecoupée :

– Gordon, vous devez partir à Ostende et m'y attendre… J'arriverai le plus vite possible… Oh ! très cher… vous ne savez pas ce que je souffre en ce moment !

Mais Gordon était tellement en proie à ses propres émotions qu'il semblait se soucier fort peu de ce qu'éprouvait Héloïse.

– Vous ne lui avez pas dit que… notre amitié… est un lien purement spirituel ?

Elle eut un sourire plein de pitié.

– Très cher… Qui croirait cette histoire ?… Maintenant, dépêchez-vous… Je dois m'en aller…

Pendant une seconde sa petite main parfumée se posa sur sa manche, puis elle disparut.

Hébété, Gordon ramassa sa valise, sortit de la salle d'attente. Nulle part, il n'aperçut Héloïse… Un commissionnaire tendit la main vers ses bagages…

– Train pour le continent, monsieur ?… Vous avez votre place ?

Gordon leva les yeux vers la grande horloge. Il était 11 heures moins 5…

– Le train de Douvres part à 11 h 05, monsieur, expliqua le commissionnaire.

– 11 h 05 ? répéta machinalement Gordon, je croyais que c'était à 11 heures…

– Non, vous avez encore le temps, monsieur.

Mr Selsbury resta debout, sans un geste. Il ne parvenait pas à prendre une décision… Ses facultés lui refusaient leur service…

– Allez me chercher un taxi, voulez-vous ? fit-il enfin avec effort.

– Oui, monsieur.

Le commissionnaire lui prit la valise des mains et il ne résista pas. Morne, il suivit l'homme à travers le hall plein d'agitation et d'appels.

– Où le chauffeur doit-il aller, monsieur ? demanda le commissionnaire en tenant la portière ouverte et en souriant aimablement dans l'espoir d'un bon pourboire.

– En Écosse…

– En Écosse, monsieur ? s'étonna le brave homme.

L'exclamation tira Gordon de sa somnolence :

– Non, non… À l'hôtel *Grovely*. Merci beaucoup.

Le pourboire que Mr Selsbury glissa dans la main du commissionnaire était munificent, princier… L'homme en chancela et à moitié étranglé par l'émotion, dit au chauffeur : *Hôtel Grovely*.

Le taxi sortit de la gare avec un bruit de ferraille.

À ce moment-là, Bobbie Selsbury, les nerfs surexcités visitait les compartiments du train de Douvres, place par place.

Quant à Gordon, il sentait son sang-froid lui revenir peu à peu. À présent, sa pensée fonctionnait à peu près normalement. Il était hors d'atteinte maintenant de cet époux, plein du désir de vengeance et de projets homicides, de ce mari terrible, disciple de Pierre le Grand, le tsar sanguinaire de toutes les Russies, pensez donc !

Gordon se demanda si dans sa bibliothèque il possédait une biographie sincère et non expurgée de Pierre le Grand, car il était désireux de connaître par le détail la façon de procéder du grand empereur.

Le portier de l'hôtel ne parut guère surpris de le voir revenir.

– Gardez le taxi, prévint Gordon qui ne savait pas s'il serait capable, tantôt, d'en appeler un par ses propres moyens.

Il monta à sa chambre, entra et sonna trois fois pour le valet. Le portier apparut.

– Balding est parti en congé, monsieur… Le samedi, il a fini à 11 heures…

– Quand reviendra-t-il ?

– Lundi, monsieur. Chaque quinzaine, voyez-vous, nous avons un jour entier… Y a-t-il quelque chose que je puisse faire pour vous ?

Gordon secoua la tête. Il ne désirait que deux choses : la valise qu'avait emporté Baiding et sa respectabilité… Il enleva son paletot et se regarda dans la glace avec une insurmontable mélancolie.

– Ce n'est pas moi ! murmura-t-il.

À présent, il se voyait sous un angle autre qu'avant son départ pour la gare. Le type qu'il représentait lui était hideusement familier. Il l'avait vu, ce séducteur, dans les films vulgaires pour public de bas-étage…

La seule alternative qui s'offrait à lui était la suivante : ou bien demeurer prisonnier volontaire dans sa chambre d'hôtel jusqu'au retour de Balding… ou retourner chez lui subrepticement… et changer de costume sans que personne ne l'aperçoive. Chez lui, il avait plus d'une redingote en queue de morue, des batteries de chapeaux haut de forme, des bataillons de pantalons à rayures grises et noires… La dernière éventualité lui sourit. Diane déjeunait à 1 heure, la salle à manger se trouvait de l'autre côté du hall, plus loin que le bureau.

Il serait relativement aisé d'entrer, de bondir dans l'escalier, de s'engouffrer dans le cabinet de toilette, de changer de vêtements et de descendre à la salle à manger pour s'y offrir aux regards stupéfaits de Diane… Comme elle serait étonnée !… Quelle amusante aventure !

– Ha, ha ! Diane, vous ne vous attendiez pas à me voir, lui rirait-il au nez… Eh bien, il est arrivé que j'ai reçu un câblogramme important… Juste au moment où j'allais prendre le train… Les favoris ?… Ah, oui ! je les ai fait raser pour vous ménager une petite surprise. Je suis mieux ainsi, n'est-ce pas ?

Son cœur se réchauffa à cette scène qu'évoquait son imagination.

Rien qu'à l'idée de se retrouver chez lui et de dormir cette nuit dans son lit, Gordon se sentait joyeux comme un enfant. Et puis, se retrouver avec Diane… Il devait bien se l'avouer, Diane exerçait sur lui une séduction à laquelle il ne tentait pas d'échapper… Si Héloïse partait à Ostende et l'y cherchait, ce serait assez malheureux… Mais comme elle resterait là-bas au moins pendant deux jours, il trouverait bien moyen d'entrer en communication avec elle.

Tout à coup, il frissonna, car derrière le nom de Mrs Van Oynne apparaissait soudain dans son esprit l'image du mari jaloux, brutal et assoiffé de sang.

Gordon avait deux heures à perdre avant de mettre son plan à exécution. De sa chambre d'hôtel, il téléphona à un libraire de la Buckingham Palace Road.

– Avez-vous une bonne *Vie de Pierre le Grand* ? demanda-t-il.

– Oui, Monsieur, nous en avons deux.

– Envoyez-les moi tout de suite, dit Gordon en souriant.

Son sourire disparut graduellement à la lecture du sort qui advint à certain gentilhomme tombé amoureux de Catherine et dont la tête, séparée du corps, avait été placée dans un vase de verre dans le boudoir de l'impératrice pour lui rappeler à chaque instant que son époux n'avait pas l'âme d'un mari trompé et content ! Et puis, il y avait cet autre courtisan qui, lui aussi, aimait la souveraine et que Pierre fit pendre à une haute potence sous laquelle il alla se promener avec Catherine. Ces récits impressionnèrent fortement Gordon et il ne put s'empêcher d'éprouver une certaine admiration respectueuse pour ce tsar qui s'entendait si bien à défendre son bien.

Il serra le livre, mit son paletot, descendit et au bord du trottoir aperçut le taxi toujours à l'attente. Diable, il l'avait complètement oublié !

Il se fit conduire jusqu'au coin de la rue, paya grassement le chauffeur et marcha rapidement dans la direction de Cheynel Gardens, le nez fourré dans le col relevé de son pardessus.

Heureusement, la rue était déserte. Il courait presque lorsqu'il atteignit la façade familière. Devant la porte, il introduisit d'une main tremblante la clé dans la serrure… Si, pourtant, le verrou était poussé de l'intérieur ? Il appuya et lâcha un profond soupir de soulagement, car la porte s'ouvrit sans difficulté.

Sur la pointe des pieds, il marcha vers la porte du salon, puis écouta. Pas un son. Avec mille précautions, il ouvrit, se glissa derrière une tenture, et referma la porte derrière lui.

La pièce était vide. Il entendit le tic-tac monotone de la grande horloge.

La première chose à faire, pensa-t-il, était d'entrer en communication avec Bobbie. Il écouta. Des bruits de couverts lui parvinrent. Diane déjeunait. Il ferma toutes les portes et alla au téléphone.

– Non, Monsieur, lui répondit un employé du bureau de son frère, Mr Selsbury n'est pas ici.

Gordon raccrocha sans dévoiler son identité et essaya, sans plus de succès, de toucher son frère à son domicile particulier. Il se leva, s'étira d'un air satisfait la bouche ornée d'un sourire apaisé…

Comme Diane allait être surprise !

Il traversa le bureau pour se rendre dans le vestibule. Sa main se trouvait sur la poignée lorsqu'en se retournant il vit la tenture cachant la porte du jardin remuer imperceptiblement. La porte sera restée ouverte, pensa-t-il… Mais brusquement, une main se montra de derrière l'étoffe, écarta la draperie… Une femme était là !… Héloïse !…

Gordon n'en croyait pas ses yeux. Ce n'était pas vrai ! Ce ne pouvait pas être vrai ! Devant lui il n'avait qu'un fantôme créé par son esprit en délire !…

– Partez, fit-il d'une voix grave, vous n'êtes pas réelle !

– Gordon !

Elle tendit des mains implorantes et ses yeux étaient suppliants.

Gordon recula d'un pas vers la porte.

– Comment êtes-vous venue ici ? questionna-t-il d'une voix rauque.

– Par la porte du jardin… Je vous ai suivi… Gordon… Il est fou de rage. Vous devez me protéger !

Il la regarda d'un air soupçonneux.

– Qui est furieux ? Pierre le Grand ?

– Pierre ? Oh, non, mon mari ! Claude ! Il sait tout ! ajouta-t-elle avec un geste de tragédienne.

– Il sait tout ? C'est un journaliste alors ?

Gordon sombrait dans l'incohérence. C'est alors que lentement, elle s'approcha de lui et posa ses deux mains sur son bras…

– N'est-ce pas, fit-elle d'un ton caressant, que vous voulez que je reste ici… N'est-ce pas que vous n'allez pas me mettre à la porte ? Il m'a filée, mais j'ai réussi à le dépister…

– Demeurer ici ?

Gordon ne reconnut pas sa propre voix…

– Vous êtes folle ?

Elle le regarda, surprise :

– Êtes-vous marié ?

– Non, (puis, pris d'une inspiration subite)… Oui !

– Non… oui… répéta-t-elle d'un ton impatient… Qu'est-ce à

dire ? Vous êtes divorcé ?

– Non, vous êtes absurde, Héloïse.

– Alors, vous êtes marié à… Diane ? s'écria-t-elle en dirigeant sur lui un doigt accusateur.

Gordon se contenta d'approuver d'un air à moitié idiot :

– Vous… vous… devez partir d'ici… Si vous restez… c'est la ruine…

Elle recula, les mains sur les hanches et ses lèvres se retroussèrent…

– La ruine ? Que voulez-vous dire ?

– Vous devez retourner auprès de votre mari… lui dire que vous avez commis une erreur…

– Il le sait bien, l'interrompit-elle amèrement, et lentement elle enleva son manteau.

Gordon, immédiatement, saisit le vêtement…

– Remettez-ça tout de suite, remettez-ça !

– Non, non et non ! Oh, Gordon, vous ne pouvez pas me mettre à la porte après tout ce que nous avons été l'un pour l'autre ! Oh… après toutes les confidences que nous avons échangées.

Il la poussa vers le jardin d'un geste fébrile… Il était un tout autre homme, l'angoisse, la peur, l'anxiété le possédaient…

– Dehors ! fit-il d'une voix sifflante… Je vous verrai dans une demi-heure où vous voudrez, dans une maison de thé, n'importe où… Héloïse, vous ne vous rendez donc pas compte que ma réputation dépend de…

Elle rétorqua d'un air singulièrement froid :

– Dans une maison de thé… Vous voulez donc me jeter aux… Lyons ? ajouta-t-elle, faisant un mauvais calembour sur la marque célèbre de thés…

Il la regarda avec colère. Comment, dans de telles circonstances, trouvait-elle le courage de faire de médiocres mots d'esprit ?

– Votre réputation, continua-t-elle froidement… Voilà qui m'est parfaitement égal, je vous assure… Écoutez, je ne quitterai pas cette maison toute seule !

Gordon lui couvrit la bouche de la main pour lui imposer silence, car on avait frappé à la porte... La voix de Diane s'éleva :

– Qui est là ?

Les traits grimaçants, Gordon montra la porte du jardin...

– Qui est là ? répéta Diane.

– Partez par là, je le veux ! ordonna Gordon dans un murmure...

Héloïse secoua la tête, hésita, puis se glissa derrière la tenture... Elle cédait.

– Qui est là ? Qui a fermé la porte ?

La voix de Diane se faisait pressante. Gordon boutonna son veston, se passa la main dans la chevelure, tourna la clé dans la serrure et ouvrit la porte toute grande.

– Voilà, voilà, ma chère, fit-il, exhibant un sourire grimaçant de chat... Ha, ha ! C'est Gordon, tout simplement !... « Gord », diriez-vous ! Je viens... heu... Je viens de... heu... mais oui, me voici ! Je suis comme les pièces fausses, je reviens toujours...

Dans son for intérieur, Gordon rageait de devoir se plier à une telle comédie dans la maison où il s'était depuis de si longues années habitué à être le seul maître...

Elle, rapide comme l'éclair, l'avait dévisagé. En un dixième de seconde, elle s'était rendu compte que l'homme qu'elle avait devant elle ressemblait trait pour trait, les favoris exceptés, à Gordon Selsbury. Mais il avait l'air un peu plus gros (à cause du costume à carreaux gris mêlés de rouge) et plus petit... L'individu devait, à coup sûr, être un homme de mauvais goût essayant de se faire passer pour un gentleman sportif... Toutes ces pensées traversèrent son cerveau en moins de temps qu'il n'en faut pour l'écrire. Quant à Gordon, il ne pensait à rien qu'à jouir de l'étonnement de la jeune fille. Mais dans les yeux de Diane brillait une lueur qui le rendit mal à l'aise. Elle avança d'un pas et il recula de deux.

– C'est... heu... ha, ha... moi... Gord..., s'exclama-t-il d'un ton pitoyable...

– Très drôle, dit froidement Diane, mais nous attendrons demain pour rire...

Cette vieille repartie de music-hall n'inquiéta pas Gordon, pas plus qu'elle ne le rassura.

– Ainsi, ce n'est que Gordon, répéta-t-elle en hochant méditativement la tête… Asseyez-vous là, mon vieux Gordon.

– Écoutez-moi, ma chère enfant… fit-il en tâchant de prendre un air détaché… Je vais vous expliquer… J'ai simplement raté mon train.

Tandis qu'il parlait, elle ouvrit un tiroir… sans cependant perdre Gordon de vue… Sa main plongea dans le meuble et en retira un browning…

Clic ! La sûreté fut débloquée… Le revolver était chargé…

– Que faites-vous, Diane ? demanda-t-il d'une voix entrecoupée…

Mais dans les yeux de la jeune fille se lisait une résolution froide.

– Voulez-vous être assez aimable pour ne pas m'appeler Diane ? dit-elle calmement. Ainsi donc, vous êtes venu… vous voilà !… Pourtant, moi qui m'attends à beaucoup de choses, je ne m'attendais pas à vous voir !… Seulement, mon ami, vous êtes venu à une bien mauvaise heure.

– Écoutez, chère amie…

– Pas de familiarités ! Ne croyez pas que vous réussirez à me tromper… Je vous connais !

– Vous me connaissez ? demanda-t-il, stupéfait.

– Je vous connais, répéta-t-elle en articulant chaque syllabe, vous êtes Double Dan !

Il bondit sur ses pieds, mais le revolver braqué sur lui le calma… À grands gestes, il parla, tenta de s'expliquer.

– Vous êtes Double Dan, dit-elle, tandis qu'une flamme embrasait ses yeux… J'ai entendu parler de vous. Vous vous introduisez dans la peau des gens… Vous et votre complice, une femme, vous attirez d'innocentes victimes loin de chez elles et vous profitez de leur absence pour cambrioler leurs maisons !…

Elle regarda autour d'elle.

– Où est la femme ? N'apparaît-elle pas sur la scène ou son rôle est-il fini lorsque la victime est partie ?

– Diane, je vous jure que vous vous trompez… Je suis Gordon, votre cousin.

Elle sourit amèrement.

– Dan, vous n'avez pas pris toutes vos précautions… Vous n'avez pas étudié votre personnage à fond… Gordon, le vrai, portait de petits favoris… Vous ne le saviez donc pas ?

– Je… J'ai eu un accident, bégaya Gordon… Je les ai fait raser… pour vous plaire…

Le rire ironique de la jeune fille le glaça jusqu'aux veines.

– Mon cousin Gordon n'est pas le genre d'homme à avoir un accident au sujet de ses favoris, dit-elle froidement, où est votre complice ?

Il fit tous ses efforts pour ne pas diriger son regard du côté de la tenture et se contraignit à regarder devant lui, d'un air qu'il croyait innocent, mais, involontairement, ses yeux se tournèrent vers la porte du jardin. Et Diane aperçut ce mouvement…

– Sortez de là, ordonna-t-elle.

Pas de réponse.

– Sortez, ou je tire !

La tenture s'agita. Héloïse, blafarde, s'élança au milieu de la pièce et se jeta sur la poitrine de Gordon.

– Ne me laissez pas assassiner ! Par pitié !

Diane l'examina et hocha la tête.

– C'est ça, votre mari… dit-elle.

Elle alla vers la porte qu'elle ferma.

– Maintenant, Double Dan et Mrs Double Dan, écoutez-moi bien. Vous êtes venus ici pour commettre un larcin… Si je voulais, je pourrais vous remettre entre les mains de la police… Mais je suis plutôt indécise, car, voyez-vous, en ce moment, votre présence ici a quelque chose de providentiel… Gordon Selsbury !… Vous imaginez-vous que Gordon est l'homme à introduire une femme chez lui, en cachette ?… Croyez-vous qu'il daignerait se vêtir comme un pitre de cinquième catégorie ?… Ne vous avisez plus de prononcer le nom de Mr Gordon Selsbury en ma présence !

Gordon ouvrit la bouche, la referma, agita les lèvres, mais aucun son ne sortit de sa gorge angoissée.

– Vous resterez ici, continua Diane, jusqu'à ce que je vous autorise à vous en aller.

Elle alla à la porte du jardin, la ferma, puis revint vers Gordon.

– Vous aviez une clé ? Donnez-la moi.

Gordon, comme un agneau, obéit. Elle ferma la porte à double tour. Il tenta un dernier effort désespéré.

– Diane, je vais tout vous expliquer, je suis… heu… le fait est que… Je vais vous dire la vérité… Je suis Gordon, aussi incroyable que cela puisse paraître… J'admets que je porte en ce moment un costume de très mauvais goût et que mon apparence habituelle a quelque peu changé… mais tout cela peut être expliqué assez aisément.

On frappa à la porte.

– Un moment, fit Diane, reculant vers la sortie… Qui est là ?

– Eleanor, madame… un télégramme.

Par la porte entrebâillée, la bonne tendit une enveloppe. Diane l'ouvrit et lut.

– Continuez, dit-elle, vous me disiez que vous êtes Mr Gordon Selsbury ? Continuez… vous inventez assez bien… Mais avant tout, écoutez ceci : *Je quitte Euston à l'instant. Soignez-vous bien. Gordon.*

– Voyons, mon petit ami, avouez-moi la vérité… Oseriez-vous encore prétendre que vous êtes Gordon ?

Il baissa la tête, vaincu par l'inconcevable acharnement de la fatalité.

– Gordon Selsbury ou Double Dan ? poursuivit Diane, impitoyable…

– Double Dan…, avoua Gordon, lassé, subjugué par les événements…

14. Oncle Isaac et Tante Lizzie

Jamais Gordon n'avait vu quelqu'un d'aussi effrayé qu'Héloïse. Comment, elle, femme de sang-froid, de haute intelligence, âme supérieure, la voici qui s'était recroquevillée devant le regard dominateur de Diane ! Gordon soupira profondément, assujettit le tablier qu'il avait noué autour de sa taille et se demanda où Trenter serrait sa provision de poudre à nettoyer l'argenterie. Au fond, c'était encore un heureux hasard que Trenter fût absent et que l'humiliation de Gordon ne l'eût pas comme témoin… Car n'était-ce pas la pire humiliation, celle d'avoir reçu l'ordre de nettoyer l'argenterie à l'office et d'avoir à se préparer à exécuter d'autres besognes pas plus distinguées !

Encore un soupir et Gordon se mit à astiquer un pot à lait. Ses mains n'étaient pas habituées aux travaux de ménage, et cependant, l'ombre de la pensée de désobéir ne lui était même pas venue lorsque Diane d'un ton impérieux l'avait envoyé en corvée à la cuisine.

Il ne dormait pas, il ne rêvait pas, de cela il était tout à fait certain… Lui, Gordon Selsbury, maître de céans, il était bien dans sa cuisine, les manches de chemise relevées jusqu'au dessus du coude, un vilain tablier cachant à moitié son horrible costume gris à rayures rouges. Il frottait, étendait de la pâte, répandait de la poudre et frottait à nouveau…

Diane le prenait pour Double Dan et rien n'avait pu la distraire de cette croyance. Pourtant, pensa Gordon, si elle le prenait pour Double Dan, pourquoi n'envoyait-elle pas chercher la police ? Pourquoi ne le faisait-elle pas coffrer au plus tôt ? Au fond de lui-même, il éprouvait pour Diane une grande gratitude rien que parce qu'elle avait décidé de ne pas mêler Scotland Yard à ses affaires.

Mais qu'étaient donc devenus les domestiques ? Gordon n'avait pas vu Eleanor pas plus que la cuisinière… Où se trouvaient-ils ? Il allait le savoir bientôt.

À cet endroit de ses réflexions, la porte de la cuisine s'ouvrit et Diane fit son apparition. Gordon, la bouche ouverte, la considéra avec stupéfaction. Autour de sa taille mince, elle avait serré une large ceinture de cuir à laquelle pendait une gaine d'où dépassait la crosse noire d'un browning.

– Savez-vous ce que c'est que des pommes de terre ? demanda-t-elle sèchement.

Gordon se sentit gêné lorsqu'il réalisa à ce moment que tout ce qu'il savait des pommes de terre, c'est qu'elles appartiennent au règne végétal.

– Avez-vous jamais pelé des pommes de terre ?

– Je ne me rappelle pas, répondit-il… ah si !… Je me souviens, que lorsque j'allais à l'école je pelais parfois…

– Vos années passées à la Maison de Correction ne m'intéressent pas, interrompit-elle brusquement… Déposez ce pot à lait et suivez-moi à côté.

Il obéit passivement. Dans l'autre cuisine, il n'y avait aucune trace de Marie, la cuisinière, Eleanor était tout aussi invisible.

– J'ai envoyé mes domestiques en vacances, expliqua-t-elle, car je ne veux pas qu'un scandale quelconque éclabousse le nom de mon cousin… Je ne rendrai même pas publique la tentative d'escroquerie dont il a été victime. Vous vous rendez bien compte, n'est-ce pas, qu'il est inutile que vous cherchiez à vous en aller d'ici ?

– Oui, fit-il de la tête.

– Comme, d'autre part, il est impossible que nuit et jour je vous surveille, j'ai demandé à un ami de m'aider.

Une lueur d'espoir fit briller les yeux de Gordon…

– C'est un détective, dit-elle, d'un ton impressionnant… Mr Superbus… Vous devez connaître ce nom, j'en suis certaine…

– Ce… Ce… bégaya Gordon indigné.

– Oui, ce… répéta froidement Diane.

Une sonnerie retentit tout à coup dans la cuisine. Diane regarda l'indicateur : le petit disque correspondant à la porte d'entrée vibrait avec violence.

– Les pommes de terre sont là ! annonça Diane.

Instinctivement, Gordon, qui avait été soldat, esquissa un salut militaire. Diablesse de Diane !

Lorsque Diane fut partie, Gordon courut vers la porte, elle était fermée à clé ! Quant aux fenêtres, elles étaient pourvues de forts barreaux de fer. Gordon retourna à ses pommes de terre en soupirant lamentablement. Il soupirait fréquemment depuis quelques heures !

La sonnette résonna de nouveau au moment où Diane dégrafait sa ceinture et déposait son arme dans le buffet du vestibule. La jeune fille hésita une seconde, mais déjà quelqu'un tambourinait avec impatience sur la porte. Diane se dirigea vers la sortie et ouvrit, sachant qui elle allait apercevoir…

Un monsieur barbu trépignait sur le seuil.

– 3 heures ! 3 heures ! s'écria-t-il avec emphase au moment où il vit Diane… 3 heures, ma fiancée, ma colombe, ma vie !

– Entrez, répondit simplement Diane.

Il l'aurait bien prise dans ses bras, mais elle le tint à distance.

– Les domestiques, murmura-t-elle en matière d'excuse et en s'esquivant adroitement de ses bras… Giuseppe, vous devez vous conduire décemment… Mon oncle…

– Votre oncle ! répéta-t-il en la contemplant d'un air extatique… Il est ici ?

Elle hocha la tête affirmativement.

– Dans cette maison ?

– Mais oui, certainement.

– Votre oncle est ici ! s'exclama-t-il, la voix triomphante…

– Mais Giuseppe… protesta-t-elle tandis qu'il continuait de la regarder avec des yeux fixes et embrasés…

– Alors, mon amour, le rêve de ma vie va s'accomplir… Votre téléphone… puis-je m'en servir ?

Avant qu'elle ait répondu, il avait décroché le récepteur. Il donna un numéro, celui de son hôtel, puis :

– Oui, envoyez mes bagages tout de suite à Cheynel Gardens… Oui. Deux valises ? Le nom ? Cheynel… Oui, c'est ça… Cheynel Gardens, n° 61. Impossible de vous tromper… N'oubliez pas mon pyjama… Il est sous l'oreiller…

– Giuseppe, fit-elle… Que faites-vous ? Attendez un instant… Réellement, vous ne pouvez pas demeurer ici…

– Si, ma colombe, sous votre toit… Quel bonheur ! Quel beau jour, ma chérie, ma vision étoilée !… Sans votre bon oncle, je n'aurais pu décemment demeurer ici… Vous avez une nouvelle tante ? Hélas, pauvre Mrs Tetherby !…

– Mais, Giuseppe, gémit-elle, vous devez vous en aller bien vite… Mon oncle déteste que des gens s'installent chez lui.

Il tapota gentiment son épaule.

– Nous le charmerons, ne vous inquiétez pas… Nous surmonterons ses objections. Dites-moi quel est son dada préféré, je lui en parlerai… Car je sais parler de tout, ma conversation est universelle. Ah ! votre tante ! Votre charmante tante ! Faites-la venir que je lui serre la main et l'embrasse sur les deux joues !… La tante de

Diane… Oh, parenté divine !

Diane s'aperçut que, décidément, le côté italien de Mr Dempsi prenait le dessus. Il allait, venait, inspectait tout… Le voilà, à présent, examinant les rames de Gordon suspendues au-dessus du foyer.

– Vous avez appris à ramer, Diane ? C'est merveilleux ! Nous nagerons ensemble sur le fleuve du Temps, nous boirons l'eau du Léthé et nous oublierons le passé…

Emporté par son élocution, il fut tout près d'elle en deux bonds et lui prit les mains.

– Diane, si vous saviez comme j'ai pensé, nuit et jour, à ce moment qui nous verrait réunis !… Lorsque j'errais lamentablement, dans les vastes solitudes désertiques des territoires du Nord, dans le silence de la hutte du sauvage, dans le grand calme rompu seulement par le chant des oiseaux… Je pensais à vous, je voyais votre doux visage… La splendeur de vos cheveux, le rayonnement de votre front… vos yeux souriants et…

Il s'interrompit tout à coup, pensant à autre chose…

– Votre oncle… amenez-le ici, tout de suite !…

Gordon avait pelé sa troisième pomme de terre lorsque Diane entra dans la cuisine en titubant. Les pommes de terre que Gordon avait pelées étaient très grosses lorsqu'il les avait prises en main, minuscules lorsqu'il les avait déposées dans le bassin plein d'eau… Il avait sa manière à lui de peler les pommes de terre… Pour être sûr, il avait pelé profondément. Ce n'est pas si bête que ça.

Lorsqu'il aperçut les traits ravagés de Diane, il laissa tomber le tubercule sur lequel il s'escrimait…

– Ça ne va pas ?…

– Rien ne va ! fit-elle amèrement… Écoutez… Je vais vous donner l'occasion de racheter votre faute… Je déteste votre nom, Dan, et je l'ai changé… Vous êtes Isaac, ne l'oubliez pas !

– Qui ? s'écria-t-il.

– Isaac… mon oncle Isaac.

Il mit le couteau sur la table, essuya ses mains à son tablier et marcha calmement vers la jeune fille.

– Je ne suis pas votre oncle Isaac… commença-t-il.

– Enlevez ça ! rétorqua-t-elle en montrant le tablier… Mettez votre veston et venez avec moi. Rappelez-vous que vous êtes mon oncle Isaac et que cette femme terrible… À propos, où donc est-elle ?

– Comment diable le saurai-je ? demanda Gordon d'un air suprêmement ennuyé.

– Attendez !

Diane escalada les marches de l'escalier quatre à quatre jusqu'aux mansardes. Elle ouvrit la porte de la pièce où elle avait eu l'intention de loger le domestique supplémentaire qu'elle aurait engagé avec sa femme. À l'intérieur, elle trouva Héloïse, assise sur le rebord du lit. La femme se leva lorsqu'elle entra.

– Écoutez, Mrs Selsbury, fit-elle d'une voix perçante, je ne suis pas au courant de la législature de ce pays, mais je sais que vous n'avez pas le droit de me séquestrer dans…

– Voulez-vous que j'aille chercher la police ? fit Diane d'un ton mi-calme, mi-menaçant.

– Je veux dire, reprit Héloïse calmée, que vous êtes occupée à faire une grosse bêtise… Vous vous trompez, Mrs Selsbury… Ce pauvre idiot est bien votre mari…

– Je n'ai pas de mari, idiot ou imbécile, dit la jeune fille… Je n'ai jamais eu de mari… ou plutôt… Je suis veuve.

Héloïse fut troublée…

– Si vous le désirez, vous pouvez oublier tout ce qui s'est passé ici aujourd'hui, dit l'orpheline… Un visiteur est arrivé… Un vieil ami… Le fait est que nous étions fiancés jusqu'au jour où il périt dans la brousse…

– Et il est ici ? s'exclama Héloïse.

– Il est ici, et il y reste. Mais il est élémentaire que je ne puis l'autoriser à séjourner ici si je n'ai pas de chaperon… C'est pourquoi, à partir de ce moment, vous êtes… Tante Lizzie !

Héloïse faillit s'étrangler.

– Vous êtes tante Lizzie et votre infâme mari est l'oncle Isaac… Descendez à la cuisine et faites-lui part de ma résolution.

– Si je comprends bien, fit Héloïse en se frottant les yeux… Je… Je… suis tante Lizzie et… le pauvre enfant est… doit être…

– L'oncle Isaac…

– Merci, j'avais presque oublié… Mais c'est un vrai film de cinéma !… Ha, ha !… Je suis tante Lizzie !…

Elle s'effondra sur le lit, sur le point d'avoir une crise de nerfs…

– Vous êtes tous fous ! éclata-t-elle soudain… Comment, moi, citoyenne américaine, ou tout au moins de Toronto, à une portée de pierre, je… je… je… suis tante Lizzie !… Moi, tante Lizzie !…

15. Gordon en mauvaise posture

Lorsqu'Héloïse entra à l'office, Gordon jouait distraitement avec des épluchures de pommes de terre.

– Vous êtes oncle Isaac ! s'exclama-t-elle, nerveusement.

À la vue de sa compagne d'infortune, Gordon sembla sortir d'un long rêve.

– Dites, Gordon… cette furie… c'est Diane, sans doute ?

– Oui…

– Votre femme ? Vous ne m'aviez jamais dit cela…

– Elle n'est pas ma femme… Elle n'a rien à dire dans cette maison… Si je vous ai laissé entendre que j'étais marié, c'était afin que vous vous en alliez. Ne voyez-vous donc pas à quel résultat vous êtes arrivée ? Vous avez ruiné ma réputation. Ah ! si vous aviez pu ne jamais paraître dans ma vie !

Gordon prononça cette dernière phrase comme une lamentation.

– Si elle n'est pas votre femme, dit Héloïse qui paraissait avoir perdu l'esprit, c'est qu'elle est votre veuve !

– Elle est ma veuve, si cela peut vous faire plaisir, admit Gordon avec lassitude. Asseyez-vous, Héloïse, je vais vous donner un verre d'eau qui vous fera du bien.

– Diane ? répéta Héloïse avec étonnement… C'est donc ça, votre petite Australienne, Gordon ?… Dites donc, est-ce qu'elle a fait partie de la rousse ?

– De la quoi ?

– De la police enfin ? Elle en a tous les trucs…

– Que voulez-vous dire ?

– Rien. D'ailleurs, nous devrons marcher comme elle l'entend. Il ne s'agit pas de récriminer, cela se voit tout de suite. Nous nous sommes fourrés dans une aventure dont il sera difficile de nous dépêtrer. Alors, laissons les événements suivre leur cours.

Cinq minutes plus tard, Mr Dempsi, volubile et gesticulant, serrait à les briser les deux mains de Gordon :

– Comment ? C'est vous… l'oncle de ma déesse ! Si jeune encore… Vous devez être plus vieux que vous n'en avez l'air… Et voilà donc tante Lizzie ?… !

Il embrassa bruyamment Héloïse sur les deux joues et la jeune femme se laissa faire avec résignation. Gordon, éberlué, regardait et écoutait sans pouvoir placer un seul mot. Qui donc était cet importun ? Diane avait oublié de faire les présentations. Elle s'en excusa.

– Oncle Isaac… Mr Giuseppe Dempsi… dont je vous ai parlé si souvent déjà, n'est-ce pas ?…

Le « n'est-ce pas » était accompagné d'un regard si fulgurant que Gordon « se rappela » sans trop de difficulté.

– Je croyais monsieur mort… dit Gordon d'une voix de basse funèbre…

– Mais heureusement, oncle Isaac, je suis vivant, bien vivant ! Réjouissez-vous, cher oncle… Votre petit Wopsy… C'est le nom qu'on me donne dans l'intimité, voyez-vous… Votre petit Wopsy donc n'est pas mort… Je suis revenu du royaume des ombres et c'est la voix magique d'une sirène qui m'a rappelé à la vie… (D'un geste théâtral, il désigna Diane, puis :) Ma fiancée, annonça-t-il d'un ton de solennité.

Gordon les regarda l'un après l'autre avec stupéfaction… Diane… Dempsi… fiancé… fiancée…

– C'est parfaitement ridicule, ne put-il s'empêcher de dire malgré un coup d'œil énergique de Diane.

Heureusement, tout à son effervescence, Dempsi ne remarqua pas cette interruption quelque peu intempestive…

– Ah, cher oncle Isaac, clama-t-il avec emphase, comme nous allons parler de toutes sortes de choses… (Puis, se tournant vers Diane :) Dites-moi, chérie, ai-je changé ?… Ah… J'étais un enfant alors… incertain, vacillant, ignorant la vie… Je ne savais pas que pour gagner l'amour d'une femme il faut se montrer fort. Gémir et pleurer ne servent à rien. Être timide n'avance pas. Se lamenter à ses pieds l'agace, être humble ne suscite en elle que mépris, mais être fort, robuste, grandiloquent… crier, tempêter… exiger…

– Excusez oncle Isaac, l'interrompit Diane à ce moment, il va donner à manger aux poules.

Diane suivit Héloïse et Gordon à la cuisine où, à l'abri des oreilles indiscrètes de Dempsi, elle leur fit des reproches violents.

– Vous ne valez rien, ni l'un ni l'autre !… dit-elle d'une voix désespérée… Je vous croyais bons comédiens puisque vous êtes des fripouilles et je m'aperçois qu'il n'y a rien, mais rien de rien, dans votre cerveau ! Vous étiez comme des statues de marbre devant ce Dempsi !

– Mais… Qu'aurions-nous dû faire ? s'enquit Gordon… D'ailleurs, si j'avais écouté mon impulsion, j'aurais jeté ce bellâtre dehors, sans compliment. Mais vous régnez en maîtresse ici, n'est-ce pas… Vous ne permettez même pas que je donne des explications sur madame…

– Vos explications n'ont rien à voir avec tante Lizzie, l'arrêta-t-elle assez brutalement… Vous espérez donc encore me leurrer, mon bonhomme. Je sais que vous êtes Double Dan. Je veux me servir de vous, s'il y a moyen. S'il n'y a pas moyen, j'enverrai chercher la police… J'attends Mr Superbus d'un moment à l'autre, c'est lui qui surveillera vos faits et gestes… Tâchez de vous conduire comme un honnête oncle, sinon…

Gordon grimaça :

– Comment voulez-vous que je me conduise comme un honnête oncle lorsque vous me mettez sous la coupe d'un vulgaire flic, demanda-t-il rageusement… D'ailleurs, comment allez-vous faire pour que ce Mr Superbus me surveille ?… On ne se méfie pas de ses oncles. Quel prétexte allez-vous donner pour justifier ma mise en surveillance ?

– Je dirai que vous êtes faible d'esprit, prononça froidement la jeune fille.

– Moi, faible d'esprit ! Mais vous êtes folle.

Sans daigner répondre, Diane s'éloigna et le couple penaud demeura silencieux à écouter le bruit de ses pas.

– Voilà ce que c'est que d'organiser un voyage à Ostende, fit Gordon d'un air rageur.

– Si nous étions allés à Ostende, rétorqua Héloïse, tous ces ennuis ne seraient pas arrivés… Estimez-vous heureux d'être prisonnier ici car, qui sait, mon mari attend peut-être à la porte avec l'intention de vous envoyer dans l'autre monde.

Gordon, d'un geste désabusé, passa sa main sur son front fiévreux. Il était tout à fait découragé.

– Cela m'est égal, dit-il à Héloïse, je ne m'occupe pas de votre mari. C'est peut-être un homme raisonnable qui comprendrait les choses telles qu'elles se sont passées en réalité.

Elle s'assit sur le bord de la table, alluma une cigarette, et s'amusa à lancer en l'air des volutes bleues. Pendant longtemps, elle demeura muette, puis…

– Ah… Si je pouvais être encore dans mon calme petit appartement de la 139e Rue ! gémit-elle.

16. Voici Mr Superbus

Diane était harassée. Elle avait dépensé une grande activité et ses nerfs étaient à bout. Elle devait veiller à tout, surveiller ses prisonniers, et recevoir les fournisseurs apportant les provisions.

Vers le soir, un homme sonna à la porte. Il était habillé pauvrement et d'humble apparence. Son visage étroit, jaune, était hérissé d'une barbe de trois jours et il penchait légèrement la tête de côté. À la vue de Diane, il recula imperceptiblement.

– Bonsoir, miss, dit-il en touchant légèrement sa casquette. Je viens chercher l'argent.

– Quel argent ? s'exclama-t-elle avec surprise.

– Mon argent, j'ai nettoyé les carreaux, hier.

Elle se rappela. Eleanor s'était plainte d'un homme qui « avait fourré son nez partout » et dont elle se méfiait.

– Je m'appelle Stark, miss, ajouta le nouveau venu.

– Je me souviens.

Elle alla à la recherche de son sac à main. Lorsqu'elle fut de retour, elle le vit qui examinait la serrure de la porte avec un intérêt de professionnel.

– Je… J'étais serrurier autrefois, miss, dit-il pour excuser son évidente curiosité. Mr Selsbury n'est pas là, miss ? demanda-t-il tandis qu'elle comptait l'argent dans sa main.

– Non, fit-elle sèchement.

– Et Mr Trenter, miss ?

– Non.

Les yeux de l'homme brillèrent.

– Mr Selsbury sera-t-il absent pendant longtemps ? Je désirerais le voir au sujet d'un travail.

– Je ne sais pas quand il rentrera. Mais il y a plusieurs hommes dans la maison, voulez-vous en voir un ?

Son expression changea du tout au tout.

– Non merci, miss, merci.

Elle ferma la porte sur lui et se demanda quand le « chien de garde », c'est ainsi qu'elle avait surnommé Mr Julius Superbus, arriverait.

Lorsqu'elle rentra dans le studio, Dempsi en était sorti.

Diane profita de son absence momentanée pour se diriger rapidement vers le coffre-fort de Mr Selsbury. C'était un de ces coffres vieux modèles dont la serrure à secret était renforcée d'une serrure ordinaire. Gordon lui avait dit un jour que jamais il n'employait de clé pour l'ouvrir, depuis le jour où, l'ayant égarée, il avait dû faire venir des techniciens pour ouvrir son coffre. Elle fouilla la table-bureau, retourna les tiroirs et ses efforts furent récompensés par la découverte d'une petite enveloppe cachetée portant ce mot « Clef » inscrit à l'encre.

– Dieu soit loué ! s'exclama-t-elle.

Elle introduisit la clé dans la serrure, tourna une fois. Le coffre-fort était désormais à l'abri des violences de ceux qui, par ruse ou par force, auraient pu obtenir le mot de la combinaison.

… Un taxi s'arrêta devant la porte et Mr Julius Superbus en descendit d'un air important. Il avait avec lui une grande boîte peinte en rouge et noir. De l'intérieur du taxi il prit encore un grand registre serré par une lanière de cuir et une casquette de golf. Il déposa ses bagages sur le trottoir, jeta un coup d'œil dans la voiture pour voir s'il n'avait rien oublié et paya le chauffeur en ajoutant un pourboire de 6 pence. Diane, dans la lettre qu'elle lui avait envoyée, avait ajouté en post-scriptum « N'épargnez aucun frais » et Mr Superbus agissait selon ses instructions !

Le détective amateur prit ses bagages sous ses bras, monta les trois marches du perron et poussa le bouton de sonnette avec l'extrémité de son nez.

C'est Diane elle-même qui vint ouvrir.

– Vous m'avez envoyé chercher, dit-il simplement, me voici.

Diane semblait contente de voir Mr Superbus et elle le conduisit dans la salle à manger.

– Mr Superbus, dit-elle gravement, je vais mettre votre talent à une rude épreuve et je suis sûre que je ne ferai pas en vain appel à vos lumières. Je suis dans un cruel embarras.

Il inclina la tête avec componction.

– Avez-vous fouillé tous vos vêtements ? demanda-t-il à brûle-pourpoint... Je vois ce qu'il y a, vous avez perdu quelque chose. Il est tout naturel que vous soupçonniez vos domestiques, mais sont-ils coupables, madame ? Pas une fois dans cinquante cas, je...

– Je n'ai rien égaré, Mr Superbus, mon oncle est ici...

Elle s'arrêta, se demandant comment elle allait expliquer l'affaire à Mr Julius. Allait-elle tout lui confier, le mettre dans le secret ?

– La famille, dit le dernier descendant des Romains, il vaut mieux qu'elle reste séparée. Les parents viennent vous importuner, vous emprunter de l'argent, manger chez vous, dormir chez vous, et lorsqu'ils s'en vont, c'est le cœur plein d'envie et d'amertume. Les oncles sont surtout ainsi. Laissez-moi faire, madame. (Il sortit sa montre de sa poche.) Je vous garantis que dans cinq minutes il sera dehors !

Elle s'empressa de lui donner les premiers renseignements. Mr Superbus se trompait, son oncle était le bienvenu chez elle. Au demeurant, c'était un brave type, fort ressemblant à Mr Selsbury, jeune comme lui. Seulement... elle se toucha le front d'un geste entendu et Mr Superbus comprit.

– Je sais ce que vous voulez dire, madame, dans le cas qui nous intéresse, c'est le tact et l'adresse qui importent… Il faut que les fous croient qu'ils font ce qu'ils veulent et rien d'autre. Mais sous le gant de velours, ils doivent aussi sentir la main de fer. Laissez-moi faire : je suis tout désigné pour m'occuper de votre oncle. J'ai de l'expérience. Nous avons eu plusieurs aliénés dans la famille.

Diane recula d'un pas.

– Son épouse est-elle aussi ici ? demanda Superbus.

– Oui, tante Lizzie.

– Ceci rend ma tâche plus difficile, remarqua Julius, car il est assez malaisé de surveiller un homme marié qui dort… À moins que tante Lizzie m'autorise à aller voir de temps en temps…

– Je ne crois pas qu'elle consentira à… L'essentiel est que l'oncle Isaac ne sorte de cette maison sous aucun prétexte.

– Ne vous tracassez pas à ce sujet, madame.

Lorsqu'elle eut donné toutes ses instructions, Diane retourna au bureau afin de calmer l'impatient Dempsi dont la voix autoritaire avait interrompu deux fois sa conversation avec le détective.

C'est d'un air extrêmement absorbé que Mr Superbus se rendit à la cuisine. Il n'observa aucune ressemblance entre Gordon Selsbury et l'oncle Isaac, mais, sur les traits de tante Lizzie, il remarqua une certaine gêne.

– Bonjour, dit-il en entrant, mon nom est Smith.

Gordon montra la porte.

– Sortez, ordonna-t-il.

Mr Superbus eut l'air amusé :

– Je suis venu jeter un petit coup d'œil sur vous, oncle Isaac et en même temps sur vous, tante Lizzie.

La voix du dernier Romain était empreinte d'ironie et de compassion.

– Sortez, rugit Gordon le visage rouge de colère, retournez à l'instant auprès de la dame qui paie vos services et dites-lui que je lui accorde dix minutes pour me rendre mes clés et jeter cet infernal Dempsi à la porte !

– À quoi bon…

C'était Héloïse qui parlait.

– Si vous vous fâchez, vous serez en prison lundi…

– Cela m'est égal !

La rage emportait Gordon :

– C'est moi qui suis maître ici, vous m'entendez ! Je vais faire valoir mes droits !

– Gordon, reprit Héloïse, si vous faites venir les détectives, vous devrez expliquer ma présence ici… Et alors ?…

De la tête, Mr Superbus approuvait Héloïse. Il avait assisté avec amusement à l'« accès » de l'oncle Isaac qui voulait se faire passer pour son propre neveu et qui prétendait commander à Cheynel Gardens. Comme il ne faut pas fâcher les fous il murmura d'un air paternel en s'adressant à Selsbury :

– Vous êtes un bon type, oncle Isaac, et moi aussi… Nous sommes tous de bons types ensemble !

Et il appuya sa phrase d'un clin d'œil à l'adresse d'Héloïse.

Gordon sentit une colère terrible le pénétrer. Il bondit hors de l'office et se mit à la recherche d'un rasoir, d'un couteau, d'un marteau, de n'importe quelle arme enfin.

Il est des choses qu'un homme est incapable de supporter. Et ce qu'il déteste par-dessus tout, c'est la pitié mal à propos.

17. La nuit portera conseil

– La vie, dit nonchalamment Mr Dempsi en étendant les jambes devant le foyer, est une bien belle chose… Quelle différence ! Hier j'étais seul, découragé, sans espoir… Aujourd'hui, je suis avec ma bien-aimée.

– Mr Dempsi… commença Diane.

– Wopsy, fit-il d'un air de doux reproche.

– Eh bien, Wopsy, je vous ai permis de demeurer ici parce que je désirais avoir avec vous un entretien calme et raisonnable.

Elle appuya sur les qualificatifs, tandis que, le regard chargé d'amour, il tentait de saisir une main qui reculait devant les siennes.

– Avec vous, j'aime tant le silence, fit Dempsi grandiloquent… Ah… Le Silence et la Femme Aimée !…

Mais Diane avait préparé tout un discours dans le calme de sa chambre à coucher et elle voulait le servir à Dempsi.

– Il y a environ cinq ans, dit-elle, vous avez eu la bonté de me demander ma main. Je refusai. Il y en a qui disent que les jeunes filles n'ont pas de cervelle – le fait que j'ai refusé votre proposition est la preuve du contraire. Ce que j'éprouvais alors, je le ressens encore en ce moment. Mon cœur est dans une tombe.

– Dans la tombe de mon cœur ! fit-il, poétiquement.

– Ne tournez pas ceci au tragique, Wopsy… Écoutez… J'aimais un homme… Il est parti…

– Il vous a abandonnée ? s'exclama Dempsi en bondissant de son siège.

– Non, je veux dire que… qu'il… est parti pour l'Au-Delà, le Grand Au-Delà.

– Ah, il est claqué. Ces choses-là arrivent, ma chérie. Ainsi moi, j'aimais une femme, une femme divine, grande, divinement blonde, gracieuse dans le moindre de ses gestes… Elle aussi s'en est allée dans le Grand Au-Delà…

– Elle est morte, Wopsy ?

– Non, elle est partie au-delà de l'Atlantique et joue à présent dans un théâtre de New York… Mais elle est morte dans mon cœur. Je l'ai arrachée de mon âme… Ah, j'ai été sur le point de me tuer… Je me dégoûtais de l'aimer si fort. Je me disais : « Wopsy, Wopsy, tu as donc oublié ta Diane, ta petite Diane, ton premier amour ? » Avec un courage qui m'a moi-même beaucoup étonné, j'ai oublié l'infidèle. À l'heure actuelle, elle est la femme fatale la mieux payée à Hollywood… Je la vois encore fréquemment, sur l'écran. Mon cœur ne palpite plus à sa vue. Ce sont des drames qui arrivent dans la vie.

Diane ne se sentait nullement émue, seulement un peu découragée.

– Moi, fit-elle avec effort, je n'oublierai jamais mon amour… Wopsy, vous voyez donc que c'est impossible… À propos, avez-vous reçu l'argent ?

– L'argent ? Quelle petite folle vous faites !

– Je l'ai envoyé par chèque.

Il se renversa dans son fauteuil en éclatant de rire :

– L'argent ! Parler d'argent avec moi ! Comme vous aimez les billets de banque, vous Anglo-Saxons ! Des hommes de mon tempérament, voyez-vous…

Il acheva sa pensée en faisant claquer ses doigts d'un geste de dédain :

– Je vous pardonne bien volontiers l'infidélité que vous avez commise envers ma mémoire, chère Diane. Vous n'étiez, à vrai dire qu'une enfant. Je ne pouvais pas attendre de vous que vous chérissiez la mémoire de l'homme qui mourut pour vous… C'est le passé. Nous appartenons au présent, aujourd'hui… Et demain, lundi ou mardi, nous serons mariés.

– Et que ferons-nous mercredi ? demanda-t-elle. Excusez-moi de m'occuper d'un avenir si éloigné.

Pendant une seconde, Dempsi fut démonté et il rit d'un rire qui sonna faux :

– Mon adorée petite Diane, que vous êtes amusante !…

– Écoutez, Dempsi, ou Wopsy, puisque vous préférez, demain vous retournerez à votre hôtel. Et nous ne nous marierons ni lundi, ni mardi, ni mercredi. Savez-vous pourquoi ? Parce que je n'éprouve nullement le désir de vous épouser.

Les traits de l'Italien s'assombrirent.

– Ha, ha ! Je vois d'où vient le coup… L'influence de cet oncle Isaac est diabolique ! Toute ma vie, j'ai été roulé par des oncles et des tantes. Mais il aura affaire à Giuseppe Dempsi, l'oncle Isaac.

Il s'élança de son fauteuil, fit deux bonds jusqu'à la porte, mais Diane s'accrocha désespérément à son bras.

– Laissez-moi ! rugit-il.

– Si vous sortez de cette pièce, je téléphone à la police.

Dempsi s'arrêta.

– La po-la po-po, la police pour moi !

Il se couvrit la face avec ses deux mains et ses épaules se soulevèrent convulsivement comme s'il sanglotait. Diane n'éprouva aucun remords.

– Elle, dont je rêve toutes les nuits, me menace ! Ô ciel, que je meure !

Diane ne fit rien pour l'empêcher de mourir, mais au bout de trois minutes, son soupirant vivait encore.

– Mr Dempsi, séchez vos larmes. Vous pourrez loger ici, cette nuit, votre chambre se trouve tout en haut. J'espère que vous y dormirez bien. Si vous désirez quelque chose, sonnez. Personne ne répondra. Bonsoir.

Il fit demi-tour vers la porte, l'air extrêmement fatigué.

– Hélas… Ce n'est plus la même Diane !… s'exclama-t-il, désespéré.

Un cœur de pierre eût été touché par le pathétique de sa voix. Mais le cœur de Diane était d'acier trempé et ne frémit pas.

Dempsi était à peine dans sa chambre qu'il entendit un bruit étrange. Il bondit vers la porte. Trop tard… On venait de la fermer à clé, de l'extérieur.

– Quoi ? Qu'est-ce ? Qui a fermé la porte ? Ouvrez tout de suite !

– C'est moi, fit Diane du palier… C'est dans votre intérêt. Oncle Isaac ne vous aime pas beaucoup.

Un silence.

– Mais, mais s'il y avait un incendie ? C'est très dangereux, ce que vous faites là !

– Il y a un extincteur dans votre chambre, répliqua-t-elle sèchement, vous le trouverez dans votre garde-robe.

Elle était moulue, vannée. Tous ses membres lui faisaient atrocement mal. Ah… Si Gordon était là pour la réconforter ! Ou même Eleanor…

Heureusement, il restait Mr Superbus.

Des notes de musique lui arrivaient de la pièce des domestiques. Mr Superbus jouait de l'orgue à bouche avec une douceur sans pareille, avec art presque. Tante Lizzie était assise, le menton dans la main, devant le poêle de la cuisine. Quant à l'oncle Isaac, appuyé contre le garde-manger, il considérait le musicien d'un air furieux. C'est ainsi que Diane les trouva lorsqu'elle entra.

– La soirée est bonne ? demanda-t-elle.

– Diane, fit Gordon, vous poussez la plaisanterie un peu loin… Je n'ai eu qu'un morceau de pain et du fromage à souper.

Elle le considéra avec dérision :

– Mais nous non plus nous n'avons pas dîné. Estimez-vous heureux d'avoir eu du pain et du fromage. D'ailleurs, il est temps d'aller au lit.

– J'irai au lit lorsque cela me plaira !

Mr Superbus secoua la tête paternellement.

– Méchant ! Vous êtes méchant ! lança-t-il, d'une voix pleine de reproches… Là… Je ne reconnais plus ce cher oncle Isaac… Comment, mon oncle, vous si gai, vous qui chantiez tantôt comme un oiseau, vous voici à présent de mauvaise humeur ?

Gordon rougit de colère.

– Je n'ai pas chanté, misérable menteur !

– Tante Lizzie, fit le détective… Oncle Isaac a-t-il, oui ou non, chanté ?

L'interpellée haussa les épaules d'un geste de suprême indifférence.

– En tout cas, s'il ne chantait pas, il fredonnait, fit Mr Superbus, péremptoire.

La vérité est que tantôt Julius avait joué, sur son orgue à bouche, une chanson d'étudiants et que Gordon, ancien élève d'Eton, l'avait machinalement accompagné entre les dents.

– Au lit ! ordonna Diane sèchement.

Elle fit sonner ses clés, ce qui lui donna l'aspect d'une féroce gardienne de prison.

– Vous regretterez votre conduite, dit Gordon… Des milliers de personnes certifieront que je suis bien Mr Selsbury.

– Et combien de témoins identifieront tante Lizzie ? demanda sardoniquement la jeune fille.

Gordon ne trouva aucune réponse.

Ce fut Héloïse qui parla à sa place.

– Ce ne sera pas difficile, dit-elle, je suis Mrs Van Oynne, et j'habite au 71, Glarence Gate Gardens.

– Très bien, madame, répondit Diane. Si vous voulez, vous pouvez téléphoner à la police qui vous fera identifier. Je dirai que, par erreur, je vous ai prise pour… la… la complice de Double Dan.

Héloïse se leva, éludant la proposition de Diane.

– Je suis fatiguée. Je vais dormir, dit-elle en bâillant.

Diane montra le chemin, Gordon suivit, puis vint Mr Superbus jouant doucement de son orgue à bouche. S'il avait été un musicien plus accompli, il aurait scandé cette marche nocturne par *La Mort d'Asae*.

– Bonne nuit, dit machinalement Gordon en s'arrêtant devant la porte de sa chambre à coucher.

– Pas là !

La voix de Diane claqua comme un coup de fouet. Docile, il la suivit un étage plus haut, jusqu'à la chambre que Diane destinait au ménage de nouveaux domestiques qu'elle comptait prochainement engager. Héloïse entra.

– Bonsoir, dit-elle.

– Vous oubliez quelque chose, dit Diane.

– Si vous croyez que je vais vous embrasser, ma petite fille, siffla Héloïse furieuse, vous vous trompez.

Et claquant la porte derrière elle, elle disparut dans sa chambre.

– Pas moi, mais votre mari, dit calmement Diane.

On entendit, de l'intérieur, qu'Héloïse traînait une chaise devant la porte dont elle cala la clenche avec le dossier du siège.

– Comment ! s'exclama Diane en se retournant vers Gordon, vous vous êtes donc querellés ? Ou bien, vous…

– Rien !

– C'est bien compliqué. Il va falloir que je vous trouve une chambre, maintenant. Accompagnez-moi.

Au bout du couloir, il y avait une chambre d'amis mais le lit n'était pas fait.

– Il y a des couvertures dans un coin, dit la jeune fille, demain, je tâcherai de vous procurer des draps. Vous dormirez d'ailleurs ici plus confortablement qu'au violon.

Elle ferma la porte à clé derrière lui.

Gordon remarqua que la fenêtre était restée ouverte, mais il n'y avait pas moyen de s'évader par cette voie-là. Le mur tombait à pic jusqu'à une cour intérieure en contre-bas entourée d'une grille aux piquants acérés. Gordon décida que le mieux était de se mettre au lit.

Pendant une heure, il se retourna en tous sens. Ses nerfs étaient à bout. Il ne parvenait pas à trouver le sommeil ! Peut-être qu'en cherchant, il trouverait une deuxième clé dans un tiroir de la commode ? Il se leva, visita le meuble, mais en vain. Il éprouva ensuite la porte. Tout à coup, il entendit venir du corridor un bruit étrange. C'était à la fois le grincement d'une scie et le ronflement d'un moteur…

Le bruit s'arrêta tout à coup, et Mr Superbus, car c'était lui qui ronflait, s'enquit :

– Vous dormez bien, oncle Isaac ?

En chien fidèle, le dernier Romain passait la nuit sur le tapis.

18. Un homme dans la nuit

Diane, malgré sa fatigue, dormit péniblement. Elle s'éveilla brusquement d'un sommeil léger, entrecoupé de soubresauts. Aucun bruit dans la maison, sauf le ronflement lointain de Mr Superbus. Cependant, Diane eut l'intuition que quelque chose d'anormal se passait. Elle se glissa hors du lit, mit son peignoir et regarda par la fenêtre. Sur le trottoir, elle vit une ombre. C'était celle d'un homme petit, mais à carrure épaisse dont la silhouette, projetée par le réverbère, se dessinait nettement contre les maisons d'en face. Diane avait déjà vu cette silhouette auparavant. Tout à coup, elle se rappela. C'était Stark, le nettoyeur de vitres !

Il l'aperçut sans doute, car il s'effaça rapidement contre la grille d'une cour. À l'autre bout de la rue, Diane vit déambuler un policeman faisant sa ronde. Il s'arrêta lorsqu'il fut arrivé à un coin, fit quelques pas vers Cheynel Gardens, puis s'immobilisa à nouveau. Une faible flamme éclaira son visage. C'était l'heure où les policiers de service se risquent à enfreindre les règlements défendant strictement de fumer. L'ombre contre les grilles ne bougea pas d'une ligne.

– Que désirez-vous ? héla Diane.

Stark regarda en l'air.

– Rien, madame. Je suis sujet à l'insomnie…, bégaya-t-il.

– Demandez conseil au policeman, dit la jeune fille, il vous soignera.

Stark ne répondit pas, disparut pendant quelques secondes dans l'allée pleine d'ombre, devant la maison, puis se montrant à nouveau, il se dirigea avec décision vers la rue principale. Le policier fumeur alla à sa rencontre. Les deux hommes conversèrent pendant quelques instants, puis Stark s'en alla. Diane eut l'impression que le policeman avait esquissé un geste vers Stark, mais elle ne put deviner ce dont il s'était agi.

Elle était tout à fait éveillée, maintenant. Il était 3 heures et quart. Elle prit son sac à main, ouvrit la porte et écouta. Cela suffit pour que le fidèle Julius s'éveillât et descendît l'escalier.

– Ce n'est que moi, Mr Superbus, dit-elle, soulagée de voir que le détective prenait sa mission au sérieux. Je crains, cher monsieur, que vous n'ayez beaucoup d'émotions dans cette maison…

– Ne vous tracassez pas, miss, je dors très peu. Napoléon non plus ne dormait guère… Vous désirez quelque chose, madame ?

– Je vais me faire une tasse de thé, dit-elle en descendant l'escalier menant à la cuisine.

Elle avait faim. Elle fit une infusion, dénicha une boîte de gâteaux secs et, à voix basse appela son protecteur pour qu'il partageât son maigre repas.

– Si nous éclairions ? fit-elle en tournant tout aussitôt le commutateur du hall. Entrez donc, Mr Superbus.

Elle se dirigea vers le bureau. La porte ne céda pas sous la poussée qu'elle lui imprima. Diane fronça les sourcils.

– Je suis pourtant sûre de n'avoir pas fermé cette porte à clé.

Elle prit son passe-partout dans son sac à main, introduisit la clé dans la serrure et sursauta. La porte était fermée de l'intérieur !

– Attendez-moi ici pendant que je vais m'habiller, recommanda-t-elle.

Les yeux de Mr Superbus s'arrondirent d'étonnement. L'émotion changea son teint pétunia en vieil or. Il n'était ni nerveux, ni effrayé. Mais le danger le faisait pâlir. Tout comme Marc-Antoine.

Bientôt Diane redescendit. Elle s'était absentée pendant trois minutes à peine. Dans le bahut du hall, elle prit son ceinturon et se l'attacha autour de la taille. Lorsque Mr Superbus la vit tenant l'arme en main, il se sentit plus à l'aise.

– Ouvrez, s'il vous plaît !

Derrière la porte, il y eut un bruit léger de pas et un craquement comme si quelqu'un tournait un commutateur...

– Vite, ordonna la jeune fille à voix basse, allez surveiller le derrière de la maison ! Il va essayer de fuir par le mur... N'hésitez pas... Descendez-le... Il se peut qu'il soit armé.

Mr Superbus ne bougea pas. Il semblait cloué au sol.

– Si nous appelions un policeman, suggéra-t-il d'une voix d'outre-tombe.

Elle secoua la tête :

– Je ne veux pas la police ici. Faites comme je dis, je vous en prie.

Mr Superbus essaya de lever un pied et grimaça.

Son rhumatisme serait-il revenu ?

– Je ne vous laisserai pas ici toute seule ! hoqueta-t-il d'une voix blanche. Ce serait lâche, abandonner une femme dans le danger !

Le hall, cependant, possédait une autre entrée pour le bureau. C'était par une sorte d'antichambre que Gordon employait comme bibliothèque.

– Restez ici, murmura Diane en se dirigeant vers cette antichambre.

La porte en était ouverte. Elle la poussa sans bruit et pénétra dans la pièce en étreignant son revolver.

À l'extrémité de l'antichambre, elle poussa la porte donnant dans le bureau. La pièce se trouvait dans l'obscurité. Seule la large baie à vitraux éclairait vaguement les environs immédiats de la fenêtre.

– Les mains en l'air, s'écria Diane, je vous vois !

Le commutateur se trouvait à l'autre bout du bureau. Diane y marcha à l'aveuglette, mais elle avait à peine fait quelques pas qu'une forme noire bondit, ouvrit la porte du hall, partit comme une flèche...

– Heureusement que Superbus est là, pensa Diane en s'élançant à la poursuite de l'inconnu.

Mais chose étrange, elle n'entendit pas de bruit de lutte et lorsqu'elle arriva dans le hall, ce dernier était vide...

– Mr Superbus, appela-t-elle.

– Ici, madame !

Il sortit derrière elle du bureau.

– Je vous avais suivie. Cela me chiffonnait de voir une femme s'aventurer seule dans l'obscurité… Vous l'avez vu ?

– Oh ! Pourquoi n'avez-vous pas fait ce que je vous avais dit ? gémit-elle.

– Mon devoir était de vous protéger, fit gravement Julius.

Elle alluma toutes les lampes du studio. Rien ne semblait avoir été dérangé excepté…

Diane avait laissé le disque des lettres du coffre-fort au « X » et à présent l'arrêt était sur le « A ».

– Allez chercher le thé, demanda-t-elle à Superbus, puis elle continua son inspection.

Mr Superbus revint avec le plateau que Diane avait préparé quelques minutes auparavant.

– Ce qu'il nous faudrait, ce sont des indications révélatrices sur cet intrus… risqua Mr Superbus.

– Eh bien, trouvez-en !

À quatre pattes, il fit le tour de la pièce tandis que Diane mangeait ses gâteaux avec avidité.

– Quelqu'un s'est assis là ! s'exclama le détective en montrant le fauteuil près du foyer. Regardez ce coussin, on y voit l'empreinte d'une tête.

– C'est la mienne, rétorqua laconiquement Diane.

Il la regarda avec méfiance.

– Allons, venez manger, l'invita-t-elle en lui tendant la boîte à biscuits.

Puis elle continua, songeuse…

– Je me demande comment il a bien pu faire pour sortir…

– Qui ?

– Doub… Je veux dire, oncle Isaac…

Julius esquissa un pitoyable sourire.

– Il n'est pas sorti de sa chambre, madame, car je n'ai pas abandonné mon poste. Je crois que le bonhomme que nous avons surpris ici est un cambrioleur...

– Comment serait-il alors sorti de la maison ? La porte d'entrée est toujours verrouillée et la chaîne n'a pas été enlevée. Si c'est un cambrioleur, eh bien, il est encore dans la maison à l'heure qu'il est.

– Ne-ne-ne dites pas cela, mada-miss-madadame, la supplia nerveusement Julius, je vous assure que s'il est encore dans la maison, je ne réponds plus de rien. Voyez-vous, je deviens enragé lorsque je vois des cambrioleurs, aussi le docteur m'a-t-il ordonné de les éviter autant que possible.

– Il est dans la maison, et il se cache probablement dans la cuisine. Prenez encore quelques gâteaux. Lorsque j'aurai bu mon thé, nous irons à sa recherche.

Mais Julius n'avait plus d'appétit.

– Ceci est une affaire pour la police régulière, dit-il avec le plus grand sérieux, elle est payée par le gouvernement pour s'en occuper. D'ailleurs, l'État pourvoit à l'entretien des veuves de policiers. En outre, vous savez, miss, que lorsqu'un agent capture un bandit, il reçoit de l'avancement. Or, moi j'estime que je dois tâcher de favoriser les policemen lorsque j'en ai l'occasion. Dois-je aller en chercher un, Miss ?

Elle lui fit signe de demeurer.

– Restez ici. J'irai voir, moi.

Il refusa. Sa place était à ses côtés et même un peu derrière elle. Il adorait la voir manier avec fermeté son petit browning.

La cuisine était vide.

De retour dans le bureau, Mr Superbus exposa son opinion.

– Vous savez, miss, que les malfaiteurs s'échappent souvent par des souterrains ? J'en ai vu beaucoup, des passages secrets, moi. Vous poussez un panneau... et vous apercevez une volée de marches menant à un caveau souterrain. Vous actionnez un ressort...

– Il n'y a pas de ressorts secrets au n° 61 de Cheynel Gardens, dit sèchement Diane. Il n'y a pas non plus de panneau camouflé. En fait de caveau, il n'y a que la cave où se trouve la chaudière du chauffage central. Allez-y satisfaire votre curiosité, si vous le désirez.

– Oh, je ne mets pas vos dires en doute, fit aimablement

Mr Superbus.

Il était à présent 4 heures et quart. Mr Superbus alluma le feu, alla à la cuisine chercher du bois. Le trajet aller se faisait lentement et le chemin du retour à grandes et vives enjambées. Les dents de Mr Superbus claquaient en revenant de l'office. C'est qu'il y faisait si froid, voyez-vous !

– Il n'y avait pourtant rien à la cuisine qui eût pu vous faire de mal ! dit Diane en souriant.

Julius eut un sourire amusé :

– Me faire mal, à moi ! Il n'est pas encore né, celui qui me fera mal ! Je ne sais pas ce que c'est que la peur, Miss. Toute ma famille est comme ça. Mon frère allait la nuit du cimetière à la *Grande Duchesse…*

– Vous avez des accointances avec la noblesse, Mr Superbus ?…

– Non, madame, c'est le nom d'une auberge. Il est marié, mon frère. Oui, il va à travers le cimetière et il n'a jamais rien vu… Ma sœur Agrippa est brave comme une lionne. Nous sommes tous comme ça dans la famille… Tiens, qu'est-ce que j'entends ?

Il se leva à moitié. Du hall parvenait un bruit de pas.

– Allez voir…

Diane prit son revolver.

À contrecœur, Mr Superbus obéit…

Diane le suivit.

– Halte, madame, fit tout à coup le Romain, ne tirez pas, c'est tante Lizzie !

19. La disparition de l'oncle Isaac

Héloïse fit deux pas en avant. Un vif mécontentement se peignait sur son visage.

– Que se passe-t-il ? J'ai entendu quelqu'un monter en courant l'escalier.

Ses yeux tombèrent sur la boîte de gâteaux. Elle en prit une poignée, s'assit devant le foyer éteint et mangea pensivement les biscuits.

– Ah ! Si j'étais chez moi ! soupira-telle.

Diane, impressionnée, dit à Superbus :

– Allez chercher une tasse et une soucoupe, tante Lizzie voudrait un peu de thé.

Julius qui s'était accroupi devant le foyer pour le rallumer et qui dans cette position ressemblait à un prêtre oriental, adorateur du feu, leva vers Diane une face sur laquelle se lisait un dégoût insurmontable.

La jeune fille s'empressa d'ajouter :

– Vous n'avez pas besoin de descendre à la cuisine, Mr Superbus, vous trouverez des tasses dans un placard au bout du couloir.

Julius se releva en poussant un soupir de soulagement.

– La cuisine ne me fait pas peur, mentit-il.

Héloïse alluma le feu, puis, les bras ouverts, se pencha frissonnante au-dessus des flammes. Des millions d'années lui semblaient avoir passé depuis son emprisonnement dans cette maison maudite. Diane, qui l'observait de côté, vit que la joue de Mrs Van Oynne était d'un galbe très pur, que le nez était d'une forme parfaite. Elle se prit, à ce moment, d'une soudaine compassion pour cette femme jetée ainsi dans une aventure qui aurait Dieu sait quelle issue.

– Qu'est-ce qu'il est pour vous… ce Double Dan ?

Héloïse haussa une épaule.

– Vous êtes sa femme ?

– Peut-être un jour, vous dirais-je tout, répondit l'interpellée, tandis qu'un profond soupir soulevait sa poitrine, mais pas maintenant, pas maintenant…

– Je suppose que vous ne menez pas ce genre de vie par plaisir ? continua Diane dont le cœur s'ouvrait devant son hôtesse de hasard.

– Vous avez deviné, fit Héloïse accentuant sa réponse de hochements de tête pleins de tristesse.

– Puis-je faire quelque chose pour vous ? commença Diane.

À ce moment, Mr Superbus arriva avec une tasse et une soucoupe, ce qui eut pour effet d'interrompre les confidences amorcées.

– Vous avez bien dormi, tante Lizzie ? demanda Julius tout en buvant bruyamment.

Elle secoua la tête.

– Non, je ne dors pas bien hors de chez moi. D'autant plus que je suis rongée d'ennuis. Et quand on a des ennuis, voyez-vous, le sommeil est lent à venir.

– Ah !… fit pensivement Julius, eh bien, je pense, moi, que vous avez dormi !

Elle le considéra par-dessus l'épaule.

– Où cherchez-vous cette présomption ? Dites, mon pauvre Mr Superbus, croyez-vous savoir mieux que moi si oui ou non je dors bien ?

– Je pense aussi que vous êtes un peu somnambule… ajouta-t-il pensivement.

– Quoi ?

– Somnambule… Vous marchez pendant que vous dormez… J'ai l'impression de vous avoir vue vers 1 heure…

Elle détourna le regard et s'absorba dans la contemplation du feu rougeoyant.

– Vous avez des visions, cher monsieur, si vous croyez m'avoir vue à une heure. Dites-moi, êtes-vous marié ?

– Oui, répondit Mr Superbus, avec une pointe d'orgueil.

– Dans ce cas, je puis vous révéler sans blesser votre pudeur qu'à 1 heure j'enlevais mon corset… Vous ne m'avez pas vue à 1 heure… et je serais bien gênée si réellement vous m'aviez vue…

Julius était embarrassé, mais non découragé.

– Enfin, il se peut qu'il ait été 3 heures… J'ai vu quelqu'un descendre l'escalier… Ha, ha ! Tante Lizzie, je vous ai vue !

Il leva un doigt d'un geste taquin.

– Vous êtes stupide, dit-elle, étouffant un bâillement. (Puis elle se leva.) Je crois que je vais pouvoir dormir maintenant. Et cette fois, je vais suspendre un bas devant le trou de la serrure… comme ça, Mr Superbus, vous ne pourrez plus me voir.

Le détective rougit d'indignation sous l'allusion d'Héloïse.

– L'avez-vous vue ? demanda Diane lorsque Mrs Van Oynne fut sortie de la pièce.

– Non, madame, avoua Superbus, c'est un truc, voyez-vous… On arrive souvent de cette manière à tirer des renseignements des criminels. Les détectives américains emploient cette méthode qu'ils appellent « interrogatoire au troisième degré ». Un jour, j'avais une femme d'ouvrage qui avait l'habitude de voler mon tabac pour son mari… Je fis l'épreuve du troisième degré et elle réussit à merveille… Dans d'autres cas…

– Vous croyez que c'était tante Lizzie qui était dans le hall ?

– J'en suis certain ! affirma le dernier Romain. Vous avez déjà certes remarqué comme elle marche silencieusement. Mauvais signe…

– Avez-vous remarqué qu'elle sentait l'origan ? demanda Diane en imitant le ton mystérieux de son interlocuteur.

– Non, je n'ai pas fait attention, admit Julius.

– Moi non plus, répondit Diane, en se moquant du détective, c'est pourquoi je crois pouvoir en déduire qu'après tout, elle ne sentait pas l'origan. Détail important, n'est-ce pas ?

Il faisait encore noir dehors lorsqu'elle leva la jalousie pour regarder par la fenêtre.

– Prenez cette clé et allez voir si l'oncle Isaac est encore dans sa chambre. Tâchez d'ouvrir brusquement la porte et de la refermer plus vite encore, pour qu'il ne s'échappe pas. Vous m'avez compris ?

Les mots « brusquement » et « vite » étaient bien inutiles. Mr Superbus, certainement, ne s'attarderait pas en présence du dangereux oncle Isaac.

Le détective monta l'escalier à pas comptés. Arrivé devant la porte de l'oncle, il écouta avec attention. Aucun bruit ne venait de la pièce ; c'était bon signe. Pourtant, le silence, c'est toujours dangereux pour les détectives… C'est dans le silence que les bandits complotent leurs mauvais coups. À ce moment, Mr Superbus se rappela des histoires de fous furieux marchant à pas de velours derrière leur victime qu'ils poignardaient sans merci dans le dos…

Il respira un grand coup. Le sang des César se glaça dans ses artères. Son cœur battit plus vite. À nouveau il écouta.

Si l'oncle Isaac dormait, on n'entendrait pas de bruit. Or, on n'entendait pas de bruit, donc l'oncle Isaac dormait. Tel est le raisonnement lumineux que se tint Mr Superbus. Satisfait de son syllogisme il descendit.

– Il dort comme un bébé innocent, dit-il… Il dort avec un sourire de bienheureux sur le visage.

Elle prit la clé de sa main, la considéra, puis lui demanda :

– Vous êtes entré ?

– Sans hésiter, fit Julius tout en se chauffant le dos au feu… J'ai fait de la lumière et j'ai jeté un regard autour de moi.

Diane considéra la clé sur sa paume ouverte.

– Je vous demande ça, dit-elle lentement, parce que je me suis trompée de clé en vous la donnant…

Julius était un homme d'infinies ressources :

– J'ai un procédé pour ouvrir les portes qui n'est connu que de trois personnes au monde.

– Montez avec moi, fit Diane, moi aussi j'ai un procédé… J'emploie la bonne clé.

Déconfit, il marcha derrière elle.

Elle ouvrit la porte, tourna le commutateur.

La pièce était vide.

20. Et Bobbie ?

Une corde était attachée au pied du lit. Cette corde, faite de trois bandes de couverture attachées ensemble, pendait dans le jardin.

Diane se pencha. Le bout de la corde se balançait à environ deux mètres de profondeur et, entre son extrémité et le sol, il y avait plus de six mètres…

Double Dan serait-il tombé de cette hauteur sur le dallage de la cour ?

– C'est drôle, murmura Mr Superbus, lorsque je suis venu voir tantôt…

– Ne nous égarons pas, dit la jeune fille le front soucieux. À quoi peut bien servir une corde pendant à plus de six mètres du sol… Et pourquoi n'a-t-il pas poussé le lit près de la fenêtre pour augmenter la longueur ?…

Elle s'arc-bouta contre le lit qui glissa aisément… Le poids d'un homme au bout de la corde aurait suffi à amener le lit contre la fenêtre…

Le front pensif elle examina l'appartement. Dans un coin se trouvait une haute armoire à glace. Diane prit son browning et ouvrit la porte de l'armoire.

– Sortez de là, ordonna-t-elle froidement.

Gordon sortit, plein de dignité.

Mr Superbus, qui se trouvait dans le corridor, vit ce spectacle et secoua la tête d'un air de reproche.

– Oncle Isaac ! Oncle Isaac ! prononça-t-il… Jamais je n'aurais cru que vous auriez joué pareil tour à un vieil ami !…

– Voulez-vous me dire de quel droit vous abîmez mon linge ? questionna Diane.

Cette demande provoqua un nouvel accès de colère de Gordon…

– Votre linge ?… Mais c'est mon linge ! Vous m'entendez, mon linge ! ! !

Elle leva la main :

– Oncle Isaac, trêve de discussion. Voulez-vous avoir l'extrême amabilité de remonter cette corde et de fermer la fenêtre ? Il va faire jour bientôt et je ne voudrais pas donner matière à commérage au laitier… Je dois sauvegarder les intérêts et la réputation de mon cousin.

– Faites venir Bobbie, demanda Gordon d'un ton subitement calmé. Je suis sûr qu'il n'aura aucun doute sur ma véritable identité.

– Si par « Bobbie » vous voulez dire Mr Robert Selsbury, répondit la jeune fille, sachez que je lui ai déjà téléphoné et qu'on a répondu qu'il était absent. Il est parti pour une destination inconnue… probablement attiré par un de vos complices.

Gordon abasourdi par cette déveine ne trouva pas un seul mot à répondre. Son seul espoir de secours s'évanouissait.

– Très bien, fit-il enfin avec accablement, je vous promets que je ne vous causerai plus d'ennuis.

Il amena la corde à lui, ferma la fenêtre et fit retomber la jalousie.

– Maintenant, si cela ne vous fait rien, j'aimerais dormir. J'ai veillé toute la nuit.

Elle approuva d'un signe bref :

– Vous pouvez dormir, mais Mr Superbus demeurera dans votre chambre. Je fermerai la porte sur vous deux.

– Pour ma part, je préférerais demeurer dans le couloir, interrompit Mr Superbus. J'aime fumer, voyez-vous.

– Vous resterez à l'intérieur, insista Diane ferme.

– S'il ose, je le jette par la fenêtre, hurla Gordon sauvagement.

Mr Superbus battit en retraite vers le fond de la pièce.

– Ça va, ça va, madame… bégaya-t-il, vous pouvez avoir confiance en l'oncle Isaac.

Diane se rendit compte qu'il était inutile d'insister. Elle se contenta donc de fermer la porte sur Gordon et descendit au bureau. Double Dan n'essayerait plus de s'évader, du moins, pour le moment…

Mais il fallait entrer tout de suite en rapport avec Bobbie, risquer même de le déranger en le tirant de son lit à cette heure matinale. Elle décrocha le récepteur et forma le numéro.

On lui répondit tout de suite. C'était la voix d'un inconnu, le domestique de Mr Selsbury.

– C'est miss Ford. Pourrais-je parler à Mr Selsbury ?

– Il n'est pas rentré cette nuit, miss… Je l'attends depuis hier soir. Il m'avait dit qu'il pourrait être de retour à Londres à l'aube.

– Où est-il ?

– Il est parti pour Ostende, miss. Il m'a téléphoné de Douvres.

La nouvelle surprit Diane.

– Il est parti seul ?

– Oui, pour autant que je sache, répondit le valet de Bobbie avec tact et diplomatie.

Diane raccrocha pensivement. Bobbie avait-il, lui aussi, été attiré au loin afin d'être mieux volé ?

21. Les étonnements de Bobbie

Au dernier moment, Bobbie Selsbury était parti pour la gare de Victoria afin de sauver son frère d'une situation qu'il considérait comme alarmante. Il avait visité un train pour Douvres du premier au dernier compartiment et était occupé à examiner les passagers d'un deuxième train lorsque le sifflet du chef de gare déchira l'air. Que faire ? Interrompre ses recherches ou partir à Douvres ?

Bobbie opta pour Douvres et continua sa visite, inspectant les Pullman, dévisageant des couples de jeunes mariés, sans parvenir à découvrir l'objet de ses recherches.

À Douvres, il apprit qu'un train supplémentaire était parti de Victoria à 11 heures moins le quart. Son frère l'avait peut-être pris, qui sait ? Dans ce cas, Gordon était déjà à bord de la malle sous pression. La décision de Bobbie fut vite prise. Il n'avait pas de passeport, mais à cette période de l'année et particulièrement pour la Belgique, les officiers du service d'immigration ne sont pas trop sévères.

Bobbie n'eut aucune peine à les persuader qu'une affaire de toute urgence l'appelait sur le navire et il obtint l'autorisation de s'y rendre sur la promesse formelle qu'il descendrait à terre quelques minutes avant le départ de la malle.

Il perdit quelques instants à téléphoner chez lui à Londres. Heureusement, il eut la communication tout de suite, mais lorsqu'il fut à bord, il s'aperçut qu'il y avait tellement de passagers qu'il lui serait totalement impossible de visiter toute la malle avant le départ du bateau. C'est pourquoi le *Princesse Juliana* transporta Bobbie à Ostende. Mr Selsbury arriva à la ville balnéaire belge à 4 heures de l'après-midi après avoir poursuivi ses recherches en vain. Il passa deux heures à persuader le vice-consul de Grande-Bretagne de lui accorder un permis de séjour, car on avait déjà signalé de Douvres son départ insolite. Comme il n'y avait guère d'hôtels ouverts, à cette époque de l'année, Bobbie eut tôt fait de les visiter tous et d'y examiner le livre des arrivées. Gordon n'était pas à Ostende. Il en éprouva un soulagement. Il est vrai qu'au dernier moment il avait peut-être changé d'idée et qu'il pouvait être parti pour Paris. Mais cela, c'était assez problématique.

Il retourna à Douvres par la malle de nuit et arriva au port au petit jour. Il fut retenu pendant deux heures par les officiers d'immigration qu'il avait involontairement trompés au départ, rata deux express pour Londres et put enfin prendre place dans un train omnibus qui le déposa dans la capitale à 10 heures du matin.

Fatigué, irrité, pas rasé, il se résolut enfin à la démarche qui aurait dû marquer le commencement de ses investigations : il se rendit à Scotland Yard où il eut la chance de tomber sur l'inspecteur Carslake. Carslake et lui s'étaient battus ensemble en France pendant la guerre et durant plus d'un an avaient travaillé à l'Intelligence Bureau, (lisez : Service d'Espionnage), là où on déchiffrait les messages secrets allemands et où on repérait la position des batteries ennemies par des procédés qui eussent étonné Sherlock Holmes en personne. Bobbie conta son histoire aussi brièvement que possible et l'inspecteur l'écouta avec un réel intérêt…

– C'est une coïncidence vraiment remarquable que vous soyez précisément tombé, sur moi, mon cher, car imaginez-vous que c'est moi qui m'occupe de l'affaire Double Dan. Ce que vous me racontez me paraît être le plan de son opération favorite.

– Gordon n'est pas un homme facile à personnifier, dit Bobbie…

– Rien n'est difficile pour Double Dan, répondit Carslake sans hésiter. Grand, petit, maigre, rondouillard, tout lui est égal. Vous n'avez pas vu la femme, Mrs Van Oynne ?

Bobbie secoua la tête.

– Savez-vous où elle habite ?

– Je n'en ai pas la moindre idée.

– Il n'agira pas avant lundi, dit Carslake songeur, Dan ne travaille que pendant les heures d'ouverture des banques, mais lorsqu'il travaille, il va extraordinairement vite en besogne ! Ah, il est adroit, Double Dan, je dois le reconnaître !

– Quel est son véritable nom ?

– Throgood. Autrefois, il était acteur. Je crois même qu'il a joué avec les meilleurs artistes américains. Je suppose qu'il doit être anglais ou gallois. Sa complice est américaine ou canadienne. C'est une ancienne girl, si je ne me trompe… Élancée, plutôt petite, avec des cheveux d'or et des yeux bleus ?

Bobbie secoua la tête :

– Ceci ne paraît pas correspondre à la description que Gordon m'en a faite, mais je puis me tromper… Vous êtes sûr de ce que vous avancez ?

Carslake opina de la tête :

– Nous l'avons filée jusqu'à Paris où elle nous a semés. Je ne croyais pas que Double Dan aurait fait parler de lui aussi tôt. Il préfère d'habitude que le bruit causé par un de ses coups se soit dissipé avant d'en entreprendre un nouveau. Je ne crois pas non plus qu'il ait changé de partenaire, car le rôle à jouer est extrêmement délicat et difficile. Il paraît que Double Dan inquiète beaucoup les businessmen, mais à leur place, je n'aurais aucune inquiétude pour le moment. Enfin, de toute façon, je vous verrai lundi.

Bobbie retourna chez lui, un peu soulagé.

Son domestique avait des nouvelles pour lui.

– Miss Ford vous a demandé au téléphone, ce matin, monsieur.

– Oh ! Et qu'avait-elle à me dire ?

– Elle a simplement demandé si vous étiez à la maison.

– Quelle heure était-il ?

– À peu près 5 heures.

– 5 heures ! Espèce de maladroit, pourquoi avez-vous tardé jusqu'à maintenant pour me le dire ?

Il se précipita au téléphone et sonna Diane :

– Ah, c'est vous Bobbie ! Pourrais-je vous voir aujourd'hui ?

– J'arrive à l'instant.

– Cela n'est pas absolument nécessaire, mais ne soyez pas surpris si vous rencontrez ici quelqu'un dont je vous ai déjà parlé…

– Pas Dempsi ? s'exclama Mr Selsbury junior.

– Si, lui… Il est ici pour un court séjour… Je vous expliquerai tantôt.

Bobbie émit un long sifflement.

Un peu plus tard, il déjeunait dans la solitude lugubre de son cercle, car c'était dimanche, le jour où il fait le plus triste dans les clubs. Au début de l'après-midi, il déambulait dans la direction de Cheynel Gardens. Le valet qui lui ouvrit avait l'aspect théâtral d'un domestique d'opérette. Sa livrée était deux fois trop étroite et son devant de chemise empesé lui sortait du gilet comme une bosse de polichinelle.

– Miss Ford est au bureau, dit le nouveau valet d'un ton important en toisant le visiteur des pieds à la tête.

Bobbie le considéra avec étonnement…

– C'est vous, le nouveau majordome ?

L'interpellé posa sa main sur son cœur, fit la courbette et dit d'une voix de basse :

– Oui, monsieur. On m'appelle Smith.

Et ce disant, il grimaça un sourire de mauvais augure.

– Eh bien, moi, je préfère vous appeler Superbus. Quittez, je vous prie, cet air de matamore.

Mr Superbus obéit, abandonna son air tragique et imposant. Il semblait désappointé, le pauvre.

– Vous m'aviez reconnu, monsieur ? s'exclama-t-il surpris. Miss Ford vous a peut-être dit ?…

Bobbie sourit avec dédain.

– Vous reconnaître ! Bonté du ciel ! Mais j'ai vu que c'était vous, dès l'instant où vous avez ouvert la porte !

– C'est étrange, marmonna Julius, ma femme me dit pourtant toujours que lorsque je change mes traits, elle passerait à côté de moi dans la rue sans me reconnaître.

– Elle a raison, mon cher Superbus, car personne ne s'amusera à regarder une tête comme la vôtre dans la rue ! Maintenant, dites-moi vite ce que vous faites ici ?…

– Moi ? se récria Superbus d'un air tellement innocent qu'il ne lui manquait vraiment qu'une gerbe de lis en main pour ressembler à un bienheureux du paradis.

Mais Bobbie ne fut pas dupe :

– Dites-moi ce que vous faites dans cette maison. Miss Ford est-elle au courant de votre présence ?

Rapidement, Mr Superbus referma la porte et posa un doigt sur ses lèvres.

– Chut ! dit-il mystérieusement.

Bobbie attendit.

– Eh bien, fit-il impatiemment, je « chute »…

Julius marcha vers le studio sur la pointe des pieds, puis appela Bobbie d'un geste. Le vénérable Romain était la statue vivante du conspirateur…

– Elle m'a fait appeler, confia-t-il… Elle m'a demandé de venir habiter ici… Pouvais-je refuser ? Lorsqu'il y a du danger, je suis prêt, moi ! Je suis ainsi !

Bobbie crut comprendre. Diane, elle aussi, craignait Double Dan. C'est pourquoi elle avait trouvé bon de faire venir un homme à Cheynel Gardens.

– Ah, je comprends ! Miss Diane est une jeune fille très intelligente.

– Très intelligente, monsieur. Et en faisant appel à mes services, elle a choisi le meilleur détective. « The right man in the right place », monsieur…

– Ce n'est pas à vous que j'ai fait cette réflexion. Je me parlais à moi-même, dit sèchement Bobbie.

Julius courba la tête.

– Je sais, monsieur, mais tous deux, nous vous avons entendu. J'ai l'oreille très fine…

– Ainsi donc, miss Ford, se sentant seule dans la maison, vous a demandé de venir ?

– Ce n'est pas tout à fait ça, monsieur. Il y a encore l'oncle Isaac.

Bobbie ouvrit la bouche.

– On-oncle Isaac, quel oncle Isaac ?

– J'ignore son nom de famille. C'est un gentleman très irascible. Il a des accès de colère, et puis…

Montrant son front de la main, Mr Julius esquissa un geste qui, dans tous les langages du monde exprime la perte des facultés mentales, mais Bobbie ne comprit pas.

– Oncle Isaac ! Oncle Isaac !

Mr Superbus hocha une nouvelle fois la tête.

– Il y en a encore un autre, Mr Dempsi…

Dempsi… Bobbie était déjà au courant.

– Et tante Lizzie…

Bobbie tituba, se raccrocha au manteau de la cheminée. Rêvait-il ? Était-il le témoin d'une séance de prestidigitation ? Mr Superbus n'allait-il pas à présent extraire des lapins d'un chapeau haut de forme et un bocal de poissons rouges de la manche de son veston ?

– Auriez-vous l'obligeance de me verser un rafraîchissement, Mr Superbus ? Je crains de ne pouvoir le faire, car ma main n'est pas sûre.

Le grand détective ouvrit un placard d'un air important et versa un verre de limonade.

– Vous avez parlé de tante Lizzie ? questionna Bobbie lorsqu'il eut quelque peu recouvré ses esprits.

– Parfaitement, Monsieur, elle est arrivée hier avec l'oncle Isaac. C'est une bien jolie jeune femme. Naturellement, elle s'entend très mal avec oncle Isaac. Peut-on imaginer ? S'appeler Lizzie ! Alors qu'il y a de jolis prénoms comme Maud ou Ethel !

Bobbie se secoua intérieurement comme pour s'arracher à un cauchemar obsédant.

– Pour-pourquoi ne s'appellerait-elle pas Lizzie ? Mais Lizzie, c'est un nom de-de-de tante.

Mr Superbus se versa une rasade. Il y avait droit aussi n'est-ce pas ?

– À votre bonne santé, monsieur !

– Tante Lizzie… murmura pensivement Bobbie.

– Ce que je ne comprends pas, émit Julius en s'essuyant discrètement la bouche, c'est qu'elle a un beau nom… Héloïse… c'est ainsi parfois qu'il l'appelle lorsqu'ils sont seuls…

À ces mots, Bobbie une fois de plus se sentit vaciller. Ce n'était plus un Mr Superbus qu'il avait devant les yeux, mais dix, vingt, cent Mr Superbus…

– Héloïse, répéta-t-il… A-t-elle des cheveux aile de corbeau ?

Julius réfléchit. Il n'avait jamais vu de corbeau, mais il savait que cet oiseau est du plus beau noir.

– Oui, monsieur.

– Et des yeux qui vous entrent au fond de l'âme ?

Le détective hésita.

– C'est que chez moi, voyez-vous, ils n'ont pas essayé d'entrer… mais je dois avouer qu'ils ont, enfin, qu'ils ont quelque chose de particulier, ces yeux.

– Et la voix la plus douce du monde ?

Une fois encore Mr Superbus prit son temps. Diable, il n'avait guère l'expérience de ces choses-là !

– Je ne l'ai jamais entendue chanter… Jamais non plus, je ne l'ai entendue parler abondamment. Elle jure un peu, surtout lorsqu'elle s'adresse à l'oncle Isaac, et vraiment ce n'est guère convenable pour une dame. Elle fume aussi, ce qui est détestable pour le beau sexe ainsi que me l'affirmait un jour un médecin et non des moindres…

Bobbie l'interrompit :

– Où est l'oncle Isaac ?

La réponse arriva comme un boulet de canon :

– Il nettoie l'argenterie.

Bobbie recula.

– Il nettoie l'argenterie !

Mr Selsbury junior leva les bras au ciel. Quand allait-il s'éveiller, grands dieux ?

Il se pinça le coude…

– Je ne rêve pas, je suis éveillé. Oncle Isaac nettoie l'argenterie. Où sont les autres domestiques ?

– Les domestiques ? Miss Ford les a envoyés un peu partout. Je suis le seul étranger resté à la maison. Ma mission est de veiller à ce que l'oncle Isaac ne sorte pas de céans.

Un peu de lumière commença de descendre en l'esprit de Bobbie. Si c'était Gordon lui-même qui se trouvait prisonnier dans sa propre maison ?

– Et il veut s'en aller ?

– C'est-à-dire qu'il est un peu méchant, l'oncle. Pour employer une expression médicale, il est sujet à des hallucinations. Il voit des choses. Il croit qu'il est un autre. J'ai eu des centaines de cas du même genre.

– Mais qui lui a dit de nettoyer l'argenterie ?

– Miss Ford. Elle prétend que cela lui fait du bien.

À ce moment, on entendit un pas pesant dans le hall.

– C'est lui, monsieur. N'ayez pas peur de l'oncle Isaac. C'est un enfant inoffensif.

Au même instant, Gordon se montra, mais s'arrêta net en voyant son frère. Il était en manches de chemise. Dans sa main il avait un plumeau et sa chevelure était recouverte d'un turban fait d'un tablier plié attaché par une épingle de sûreté. Bobbie était incapable de parler, mais il regardait, fixement, de tous ses yeux.

– Ciel… ! C'est oncle Isaac ! dit-il à Mr Superbus d'une voix presque indistincte.

– Vous le connaissez, monsieur ? Le contraire m'eût étonné. Entre membres d'une même famille, on se connaît toujours, n'est-ce pas ?

– Oui… oui… Je le connais.

Mr Superbus s'approcha de Gordon, lui posa affablement la main sur le bras et demanda, comme à un malade :

– Désirez-vous quelque chose, oncle Isaac ?

Heureusement pour le dernier Romain, Gordon en était arrivé au stade du complet découragement, aussi ne fit-il aucun geste meurtrier.

– Oui-non, répondit-il d'un ton rauque.

Julius secoua la tête.

– Drôle de type, confia-t-il en aparté à Bobbie. Il n'a pas de suite dans les idées. Je me demande s'il a jamais été marié ?

Gordon se redressa et dans un effort :

– Où est-est… tante Lizzie ?

– Dans sa chambre, oncle Isaac, elle est prête.

Pendant un dixième de seconde, le visage de Gordon refléta une colère inexprimable. Il gronda entre les dents :

– Je vous défends de m'appeler « oncle Isaac », d'ailleurs, je ne suis pas *votre* oncle !

– Non, monsieur, admit Superbus. Je n'ai pas d'oncles. Du moins pas que je sache. Certaines familles en ont, d'autres pas.

Tout à coup, le regard du détective s'assombrit. Il contempla Gordon avec une attention soutenue, puis, s'adressant à Bobbie, prononça distinctement :

– Mais, je pense à quelque chose d'assez inattendu, monsieur… Celui-là (désignant Gordon) est-il réellement bien l'oncle Isaac qu'il prétend être ?

Bobbie tressaillit :

– Euh ?

– Connaissez-vous l'oncle Isaac ?… Qui vous dit que ce n'est pas Double Dan ayant revêtu son apparence ?

Bobbie jeta un regard sur son frère. Gordon avait les traits défaits et secouait la tête, désespérément. Pour quelque raison mystérieuse, il désirait être l'oncle Isaac et personne d'autre.

– Oh oui ! s'exclama Bobbie en avalant sa salive… C'est bien l'oncle Isaac.

Mais Julius ne fut pas convaincu immédiatement.

– Êtes-vous sûr ? insista-t-il.

– Mais comment donc ! s'écria Bobbie avec un semblant de chaleur… C'est oncle Isaac, je l'ai reconnu en moins de quatre secondes.

Dépité de voir sa théorie merveilleuse s'effondrer, Mr Superbus lâcha un petit « Oh » désappointé qu'il ponctua d'une grave recommandation :

– Faites attention tout de même, car Double Dan est extraordinairement adroit…

– Vous êtes fou ! s'exclama Bobbie… Il ne pourrait pas imiter oncle Isaac !

– Quoi ?… rit Mr Superbus, vous ne connaissez donc pas Double Dan ?

Mais Bobbie avait son plan. Il devait parler à Gordon seul à seul.

– Mr Superbus, je voudrais avoir une petite conversation avec mon oncle. Cela ne vous ferait-il rien de nous laisser seuls pendant quelques minutes ?

– Ne le laissez pas échapper ! recommanda le détective, il est malin comme un singe ! Vous auriez dû entendre ce qu'il nous a sorti la nuit dernière !

– Soyez tranquille. Je ferai bien attention.

S'il l'avait fallu, Bobbie aurait promis de conduire son frère au poteau d'exécution.

Le dernier Romain hésitait encore. Diane était sortie, mais elle avait laissé des instructions qui devaient être suivies à la lettre. Et Julius était pointilleux sur la question du devoir.

– Surtout, ne le laissez pas téléphoner…

Bobbie promit encore et, à contrecœur, Mr Superbus s'éloigna.

– Appelez-moi s'il se montre méchant, fit-il avant de disparaître. Et soyez sage, hein, l'oncle ?…

« Oncle » promit d'un signe de tête.

Lorsque la porte se fut refermée, Bobbie écouta soigneusement. Il attendit quelques secondes, puis il l'ouvrit brusquement. Superbus était baissé… Il attachait ou faisait semblant d'attacher le lacet de son soulier. Sa tête se trouvait exactement à hauteur du trou de serrure…

– Vous avez besoin de moi ? demanda-t-il en souriant sans honte.

– Non, répondit Bobbie avec emphase, et il referma la porte sur ce mot.

– Ciel, Gordon…

Gordon leva des bras désespérés…

– Bobbie… Je suis plongé dans un abîme de détresse… articula-t-il avec angoisse.

– Qu'est-il arrivé ? Que signifie tout ceci ? Pourquoi ne m'as-tu pas appelé plus tôt ?

D'un geste, Gordon arrêta ses questions.

– J'ai essayé de te toucher par téléphone, mais cet infernal cerbère ne m'en a pas laissé l'occasion. Bobbie, est-ce un crime de tuer un détective amateur ? Moi, j'ai oublié. Mais, je crois qu'en certaines circonstances, l'assassinat est parfaitement justifié.

– Qu'est-il arrivé ? demanda Bobbie.

Mais Gordon incapable de contenir sa nervosité marchait dans la pièce de long en large. Sa voix tremblait d'émotion. L'arrivée de son frère apportait l'inévitable et déprimante réaction… Peu à peu, cependant, il se calma :

– Lorsque j'arrivai à la gare pour y retrouver… tu sais bien qui…

– Héloïse ?

Gordon fit la grimace. Il n'aimait pas parler d'Héloïse. L'énoncé de son nom le rendait malade.

– Je l'ai trouvée dans un état de peur incroyable. Tu t'imagines aisément quelle a été mon inquiétude quand elle m'apprit que son mari l'avait suivie et qu'il allait arriver d'un moment à l'autre. Elle voulait que je parte l'attendre là-bas, mais j'ai reculé… Je suis retourné à mon hôtel pour y reprendre mes vêtements ordinaires.

Malheureusement, le valet qui s'était chargé de mettre ma valise en sûreté était parti pour le week-end. Je rentrai à la maison… Elle a dû me suivre…

– Héloïse ?

Gordon avala une bouffée d'air.

– Je t'en prie. Dis « elle », ne prononce pas son nom… Je suis plus calme lorsque je n'entends pas ces syllabes…

– Tu dis qu'elle a dû te suivre ?…, répéta Bobbie… alors, mon vieux, elle est ici ? Dis-moi, ce… ce… ce n'est pas tante Lizzie ?…

– Oui. C'est elle, tante Lizzie… Tante Lizzie ! Oh, Bobbie, comme cette aventure est terrible ! Que vais-je faire ? Je ne puis pas quitter la maison… Que dois-je…

– Mais pourquoi ne partirais-tu pas d'ici ? demanda tout naturellement Bobbie.

Les questions de son frère ennuyaient Gordon au-delà de toute expression.

– Je ne comprends pas, poursuivit Mr Selsbury junior… Tu n'as pourtant qu'à expliquer à Diane…

Gordon rit d'un rire qui sonna faux.

– Je ne t'ai pas tout raconté, continua Gordon d'un ton funèbre. Imagine-toi que Diane, m'ayant trouvé ici, m'a accusé d'être Double Dan. J'en ai été littéralement sidéré. C'était si grotesque que je n'ai su que répondre. Enfin, mon vieux, suppose un instant que quelqu'un, s'approchant de toi dans la rue, dans un tram, n'importe où, te dise que tu as commis un meurtre… Que trouverais-tu à répliquer ? Quelque chose d'amusant ? Moi, je suis resté muet, car je n'ai pas le don d'improviser des réponses humoristiques. Quant à cette femme infernale, dès qu'elle me vit elle se jeta à mon cou ! Sans hésiter, Diane en a conclu que j'étais Double Dan… Et pourtant « Elle » ne s'accrochait à moi que parce que ma cousine l'avait menacée de la revolvériser. Que devais-je faire ? Dilemme effarant. Ou bien je devais avouer que j'étais en effet Double Dan, ou bien raconter la vérité à Diane… Dans ce cas, elle n'aurait pas cru à mes relations toutes spirituelles avec cette femme et m'aurait pris pour un vulgaire coureur de cotillons…

– En effet, en effet… scanda Bobbie. (Il ajouta :) Qui lui a donné le nom de tante Lizzie ?

– Qui ? répondit amèrement Gordon, mais Diane parbleu ! Diane… Elle me rend fou, tu m'entends ! Dire qu'elle est venue de si loin, d'Australie, pour bouleverser ma vie ! Elle est épouvantable, cette Diane ! Elle flirte ici avec Dempsi, sous mes propres yeux. Quelle petite peste !… Tu sais ce qu'elle prétend devant Dempsi ?… Qu'elle est veuve !… Veuve de qui ? Par moment, j'ai l'impression que c'est moi le mari défunt dont on se moque. En tout cas, elle m'a déjà dit assez de choses capables de me mener au tombeau !…

Bobbie était grave. Il réfléchissait profondément. La situation était si bizarre qu'il se demandait comment tout cela allait se terminer.

– Hum…

Gordon avait espéré des commentaires plus utiles :

– Tu dois m'aider à sortir de cette impasse, Bobbie. Pour commencer nous devons traiter Dempsi avec la dernière des fermetés. Est-ce que tu sais qu'il voulait épouser Diane cet après-midi-même ? Il a, en permanence, une licence de mariage en poche et il assure qu'ils pourraient même se marier le dimanche, car il connaît un pasteur spécialisé dans les mariages dominicaux. Ce clergyman est déjà venu sonner deux fois !… Bobbie, je crois que je vais faire un malheur et que je vais tuer tout le monde dans cette boîte…

Bobbie examina son frère avec une curiosité mêlée d'intérêt. Il constatait avec surprise que la colère de Gordon visait tout spécialement Dempsi.

– Si j'étais toi, je ne tuerais personne, répondit Bobbie tranquillement… D'ailleurs, je me demande pourquoi tu te mets tant en colère contre Dempsi. Lui et Diane, au fond, sont de vieux amoureux…

– Tu veux me rendre fou ? éclata tout à coup Gordon… De vieux amoureux ! Ils n'ont jamais été des amoureux, tu m'entends !… Mais la conduite de Diane, maintenant… Diane… Diane… Diane… que je croyais la plus modeste des jeunes filles !…

– La découverte de son véritable caractère a dû être un rude choc pour toi, pauvre vieux, dit Bobbie sardonique… Que pense tante Lizzie de tout cela ?

– Est-ce que je m'occupe de ce qu'elle pense ? Sais-tu ce que Diane a tenté de faire, Bobbie, et ce qui trahit la noirceur de son âme ? Elle a voulu nous donner une chambre commune, à tante Lizzie et à moi !… Elle a voulu nous fourrer ensemble dans une petite chambre de domestique dans les mansardes ! Elle prétend qu'Héloïse est ma complice. Il y a de quoi se tordre, hein ?

Bobbie, en effet, assis dans un fauteuil, se tenait les côtes, malgré l'imbroglio dans lequel son frère était embourbé jusqu'au cou.

– Diane me traite comme un chien, poursuivit Gordon…

– C'est ce que tu pouvais espérer de mieux dans un accoutrement semblable ! observa Bobbie qui considérait avec étonnement le fameux costume gris à carreaux mêlés de rouge. Où as-tu déniché ces nippes, mon pauvre Gordon ? Sais-tu qu'un jour j'ai vu un juge condamner à cinq ans de prison un voleur qui comparaissait devant lui, vêtu de hardes à peu près semblables aux tiennes ? Le magistrat affirmait que de tels vêtements ne pouvaient que dénoter un esprit criminel.

– Assez plaisanté, Bobbie !… Il faut que tu m'aides à sortir de ce pétrin. Pour cela il suffit que je trouve le moyen d'aller à l'hôtel pour y reprendre mes vêtements respectables… Au pis aller, je pourrais me rendre en Écosse puisque l'on croit que j'y suis… Mais je n'ai pas un centime. Sous la menace de son damné revolver, Diane m'a fait vider mes poches. C'est la femme la plus énergique que j'aie jamais rencontrée, mon vieux ! Elle m'a menacé de mort si j'essayais de m'approcher de mon coffre-fort… Elle m'a fouillé pour voir si je n'étais pas porteur de fausses clés !

Bobbie tâta son portefeuille. Le voyage à Ostende avait épuisé son argent liquide et c'était dimanche…

– Je n'ai presque rien sur moi, mais au club je pourrais…

– Cela n'a pas d'importance, interrompit Gordon. Je vais te dire ce que j'attends de toi. Un simple service qui nous tirera tous d'embarras. Lorsque Diane arrivera…

Bobbie continua :

– Lorsqu'elle arrivera, il suffira que je lui affirme que tu es réellement Gordon Selsbury !

Gordon bondit de son fauteuil :

– Tu es fou ? Tu veux ruiner à jamais ma réputation ? J'ai renoncé à lui faire admettre que je suis Gordon, car comment lui expliquer mon aventure avec Héloïse ?

Bobbie comprenait maintenant… Gordon ne voulait pas que Diane le crût un coureur de femmes…

– Oui, je vois… articula-t-il posément… Je n'avais pas pensé à tante Lizzie.

– Tu te rends compte, à présent ? soupira Gordon… Crois-moi, mon vieux, j'y ai bien réfléchi ! Je pourrais m'échapper d'ici demain matin, par exemple, lorsque Diane ira à sa banque et que cet idiot de dernier Romain aura relâché sa surveillance. Mais auparavant, il me faudrait un peu d'argent. Comme j'en ai besoin avant l'ouverture des banques, il ne peut être question que tu m'aides de ce côté. Mais tu peux faire ceci. Tâche de persuader Diane de te confier la clé de mon coffre-fort. Non seulement elle l'a fermé au moyen de la combinaison… mais aussi à double tour. J'ai déjà essayé en vain de l'ouvrir. Procure-toi la clé et donne-la moi à la première occasion.

Mais la physionomie de Bobbie s'était brusquement transformée. Les mâchoires serrées, il regardait Gordon avec fixité.

– By Jove ! éclata-t-il soudain.

Les yeux lui sortaient des orbites…

– Que… qu'y a-t-il ? questionna Gordon le cœur chaviré.

Lentement, distinctement, Bobbie articula :

– Espèce d'infernal bandit !

Gordon recula d'un pas comme s'il avait été giflé.

– Vous donner la clé ?…

– Que veux-tu dire ? balbutia Gordon, se demandant s'il ne rêvait pas.

L'attitude de Bobbie s'était transformée du tout au tout. Toute trace d'amitié avait disparu de ses paroles. Il contemplait avec colère l'homme qu'il avait devant lui.

– Vous êtes Double Dan ! haleta-t-il, rageur… By Jinks ! Un peu plus et vous me rouliez ! Vous êtes malin, mon bonhomme, diaboliquement malin ! Moi qui croyais que Carslake exagérait quand il m'affirmait que vous êtes sataniquement adroit ! Vous êtes Double Dan ! D'abord, mon frère a des favoris… Où sont les vôtres ? Il me semblait bien qu'il y avait quelque chose de pas « comme toujours » en vous lorsque je vous aperçus tantôt !… Dire que j'ai écouté vos balivernes jusqu'à présent… Brave petite Diane, va !

Gordon rougit. Des sons inarticulés sortirent de sa gorge :

– Je jure que…

Bobbie secoua la tête.

– Cela ne sert à rien, mon ami, maintenant je comprends votre plan… Vous et votre complice avez attiré mon infortuné frère quelque part, bien loin d'ici. Lorsque vous avez découvert que je me rendais à Ostende, vous avez changé de tactique… Gordon, comme je le craignais, est donc parti pour Paris…

– Seul ? questionna froidement Gordon.

– Je-je l'ignore… Mais avouez que jusqu'à présent, Double Dan, votre plan s'est réalisé… Le mari apparaît, la femme prie la victime de s'en aller sans elle… Elle suivra, promet-elle… Et le tour est joué.

– Je vous dis…

Bobbie, d'un geste, arrêta les protestations de Gordon.

– Non, mon bonhomme, vous ne réussirez pas à me convaincre. Ma cousine Diane, qui vous a démasqué, doit avoir quelque raison spéciale pour ne pas vous livrer à la justice… Si j'avais été à sa place, je n'aurais pas hésité, et vous seriez déjà bouclé… Mais comme elle a peut-être une idée que je ne connais pas, je ne contrarierai point ses plans… Ha, ha, continua-t-il en riant doucement… Vous donner la clé du coffre, hein… J'y étais presque pris… Il s'en est fallu d'un cheveu ! Maintenant, mon bonhomme, continuez votre besogne : époussetez, nettoyez l'argenterie, polissez les cuivres et ne vous avisez pas de nous brûler la politesse car il vous en cuirait ! Bénissez votre étoile de n'être pas en prison à l'heure qu'il est !

Sans mot dire, Gordon se remit à épousseter les meubles. De grosses gouttes de transpiration et d'angoisse perlaient à son front.

– Bobbie, gémit-il tout à coup.

L'interpellé se retourna comme si un serpent l'avait mordu.

– Voulez-vous un coup de pied au postérieur ?

De toute évidence, il apparut que Gordon se passerait bien de cette démonstration. Il se remit à frotter le dossier d'un fauteuil. Hélas, le cœur n'était pas à l'ouvrage et la besogne n'avançait pas !

Bobbie ouvrit la porte et trouva Mr Superbus assis sur la dernière marche de l'escalier. Il se nettoyait les ongles avec son canif.

– Pas d'ennuis avec oncle Isaac ? demanda-t-il lorsque Bobbie apparut sur le seuil de la porte.

– Non, pas du tout, répondit Bobbie.

– A-t-il essayé de fuir ? demanda le dernier Romain.

– Lui, s'échapper ? Je le plains ! ricana Bobbie. Surveillez-le bien, Mr Superbus, car oncle Isaac a plus d'un tour dans son sac.

Il agita vers Gordon un doigt menaçant.

– Méchant oncle Isaac, fit-il, comme s'il réprimandait un écolier, vous êtes un méchant… Je suis bien mécontent de vous…

Gordon ramassa son plumeau et sortit de la pièce en titubant. Son cerveau battait la campagne.

– Je suis un méchant oncle Isaac ! Je suis un méchant oncle Isaac ! balbutia-t-il l'air égaré.

Et de la cuisine, on l'entendit pendant longtemps qui répétait cette phrase sur un ton monotone.

22. En attendant Double Dan

– Bobbie !

Joyeusement, Diane s'avança vers le jeune homme, les mains tendues. Derrière elle, il aperçut une ombre étrangère.

– Bonjour, chère amie. Vous voyez que je n'ai pas tardé à répondre à votre appel !

L'ombre derrière Diane était celle de Dempsi à qui le large sombrero donnait une sinistre apparence.

– Chère ? s'exclama-t-il d'une voix menaçante, qui vous appelle « chère » ici ? Qu'est-il pour vous, cet homme, Diane ?

– Mon cher Mr Dempsi, commença-t-elle d'une voie lasse, ce gentleman…

Mais l'Italien était dans une rage qu'il essayait vainement de dissimuler. Il jeta son sombrero par terre, arracha son manteau du geste large d'un hidalgo… Bobbie s'attendit à le voir sortir deux poignards et trois pistolets de sa ceinture.

– Monsieur, dit Dempsi d'un ton cassant… Vous avez dit « chère » à madame. Je vous somme d'expliquer votre conduite !

Diane intervint.

– Je vous présente Mr Selsbury, mon cousin…

– Ah ! Votre cousin ! En effet, vous vous ressemblez, répondit Dempsi subitement calmé. Ce sont les mêmes yeux splendides, les mêmes mains bien faites, la même bouche ferme, les…

Bobbie était ennuyé, aussi interrompit-il le loquace soupirant de Diane :

– Vous êtes bien gentil de cataloguer ainsi nos ressemblances et de souligner mes attraits physiques, monsieur, mais ne croyez-vous pas qu'il vaudrait mieux que vous me disiez qui vous êtes ?

Il y avait de l'antagonisme dans la voix de Bobbie.

– Je vous présente Mr Dempsi, fit Diane intervenant à nouveau. Vous m'avez certes déjà entendue parler de lui.

Dans les yeux de la jeune fille, il y avait une prière à laquelle Bobbie ne put résister. Il s'inclina devant Dempsi et il dit avec une chaleur feinte, tout le plaisir qu'il éprouvait à faire la connaissance de son interlocuteur.

– Wop-Wopsy, dit alors la jeune fille, vous ne voulez pas vous changer… en haut ?

Dempsi lui baisa la main.

– Mon adorée… Je monte. Votre désir est un ordre pour moi, monsieur, ou plutôt, cousin Bobbie, excusez-moi, je reviens dans un instant.

Bobbie eut un sourire contraint d'amabilité. Son cousin frais émoulu dut se figurer qu'il était malade…

Dempsi monta l'escalier en chantant *Souvent femme varie*…

– Grands dieux ! s'exclama Bobbie. C'est ça votre premier amour, Diane ?

– Oui, fit-elle d'un hochement de tête désabusé.

– Il est toujours comme ça… hargneux ?

– Oui, Bobbie, envers tous les hommes qui ont le malheur de me regarder. L'autre jour, à l'hôtel du Ritz-Carlton, il a voulu étrangler le garçon qui nous servait parce qu'il n'était pas vilain homme et qu'il avait un peu d'esprit… Si vous saviez les ennuis que j'ai, Bobbie… Il y a encore ce Double Dan…

– Il est ici, n'est-ce pas ? répondit le jeune homme.

– Vous l'avez vu ? Dieu soit loué ! Comme il ressemble à Gordon, n'est-ce pas ? La façon dont il se déguise est réellement stupéfiante. J'ai essayé de percer son secret… Inutile… De toute façon il est venu à temps pour m'aider en jouant le rôle de l'oncle Isaac. À vrai dire, nous n'avons jamais eu de parent de ce nom, mais pour contrecarrer les projets de Dempsi, je puis dire qu'il est venu à point… d'autant plus qu'il a amené une tante avec lui !

– C'est un forban plein d'audace ! s'écria Bobbie. Savez-vous qu'il m'a presque roulé ? Je n'ai pas été aussi malin que vous. Pendant vingt minutes j'ai parlé avec lui, croyant avoir affaire à mon frère… Il n'a fait aucun faux pas, le bandit, il avait tout étudié à l'avance… Ainsi il m'a appelé Bobbie dès qu'il m'a vu…

– Moi il m'a appelée tout de suite Diane. Mais je dois dire qu'il ne m'a pas trompée l'espace d'une seconde. Tenez, ce matin, je l'ai encore surpris tâchant d'entrer dans le cabinet de Gordon, sous prétexte qu'étant Gordon, il avait besoin de vêtements.

– Quel toupet, n'est-ce pas ? Il voulait sans doute se débarrasser de cet affreux costume à carreaux gris mêlés de rouge ?

– Samedi, j'étais terriblement prise au dépourvu, Bobbie, car je vous avais téléphoné en vain… Mais tout à coup, j'ai pensé à ce petit bonhomme – Mr Superbus – que j'ai fait venir ici pour surveiller Double Dan-Oncle Isaac sous prétexte que cet oncle est quelque peu excentrique… Heureusement que Dempsi le supporte…

– Qui ? L'oncle Isaac ? Cela me surprendrait, car l'oncle Isaac – dans son rôle de Gordon – semble détester l'Italien…

– Non, je veux dire que Dempsi ne voit pas Mr Superbus avec déplaisir… Ils ont à peu près le même caractère, voyez-vous. Tous deux croient descendre de Jules César en personne. Ils se sont prêtés mutuellement des volumes sur la *Vie de César*.

– Comment s'est comporté Double Dan quand vous l'avez démasqué ?

– Très calmement… Jamais je n'ai vu un homme accepter comme lui une situation aussi inattendue.

– Et l'excellente tante ?

Diane haussa les épaules.

– Elle a été assez rétive – comme toutes les femmes du reste. Mais maintenant, elle est dressée… Je l'ai appelée tante Lizzie afin d'éviter le scandale… mais (ici la voix de Diane sombra) ils ne sont pas mariés !

Bobbie fit tous ses efforts pour paraître scandalisé :

– Ils ne sont pas mariés, ma chère ! ?

Diane secoua la tête. Il y avait en elle un peu du sang puritain des Ford et Bobbie fut surpris de réaliser la pudeur de cette jeune fille qu'il croyait si libre et si détachée de l'emprise des conventions.

– C'est terrible, n'est-ce pas, poursuivit Diane. Ils ne sont même pas fiancés ! Savez-vous le projet que j'ai conçu ? Eh bien, j'ai décidé qu'il l'épouserait avant de sortir de cette maison. C'est lui qui l'a compromise : il réparera sa faute… De cette façon l'aventure finira moralement.

Bobbie n'eut pas l'air emballé par la proposition de sa cousine.

– Si j'étais vous, conseilla-t-il, je ne me mêlerais pas de leurs affaires privées…

À ce moment, Gordon Selsbury entra inaperçu dans la pièce. Il tenait une ramassette et un balai. Pendant quelques secondes, il se tint derrière eux sans qu'ils le vissent. Puis :

– Avez-vous eu des nouvelles de Gordon ? demanda Bobbie.

Le visage de Diane s'éclaira :

– Oh ! Il m'a envoyé les télégrammes les plus aimables du monde. Il a pensé à moi à chaque station…

Bobbie toussa :

– Oui, il est charmant.

Elle fouilla dans son sac à main et en retira une feuille de papier pliée.

– Voici le dernier que j'ai reçu. Il est expédié de Crewe. Il n'est arrivé qu'à 10 heures ce matin : *Mon voyage se passe excellemment. J'espère que tout va bien. Gordon.*

Bobbie se leva :

– Oh, c'est inadmissible ! Je veux dire que c'est inadmissible que ce télégramme ne soit arrivé qu'aujourd'hui ! Envoyez une réclamation à la direction Télégraphes.

Gordon serra les mâchoires, respira un bon coup et avança d'un pas. Diane le vit et ne bougea point. L'oncle Isaac, pour elle, n'était pas plus important qu'un meuble.

– Ah ! soupira Diane, s'il pouvait rester en voyage une semaine de plus !…

– Vous savez, remarqua Bobbie… mon frère, au fond, n'est pas un mauvais type. Il est parfois brusque. Il a des manières de porc-épic, mais beaucoup d'intellectuels et de graves penseurs sont comme ça.

Elle secoua la tête avec indulgence. Il n'était pas besoin que Bobbie se posât en champion de Gordon, car déjà en elle-même Diane avait excusé toutes les brutalités qu'il avait eues envers elle.

– J'admets qu'il soit un peu orgueilleux, continua Bobbie, et imbu de son importance, mais c'est un petit défaut commun à beaucoup de grands hommes.

La main qui tenait le balai trembla…

– C'est que, voyez-vous, il a été gâté lorsqu'il était petit… Ce sont les gâteries des parents qui rendent les hommes infatués.

Mr Gordon Selsbury, qui s'était agenouillé pour épousseter un panneau, se releva presque. Son visage était tout blanc de colère. Ses lèvres remuaient comme s'il allait dire quelque chose.

– Que voulez-vous, soupira Bobbie, ce pauvre Gordon a, comme tout le monde, ses défauts…

– Les défauts de l'âge mûr, ajouta Diane. C'est un homme qui dès sa naissance a eu quarante-cinq ans… Heureusement que ce n'est pas un étourdi, ni un homme léger, ni un dissipateur…

Gordon, à terre, sembla recouvrer un peu de sérénité.

– Diane, fit paternellement Bobbie, ne mettez jamais un homme sur un piédestal.

– Lâche, siffla Gordon sans qu'on l'entendît.

– Le meilleur des hommes commet des erreurs, continua ce traître de Bobbie. Ce qui nuit à Gordon, c'est précisément son innocence. Je suis persuadé qu'une femme ayant un peu de bagout et beaucoup de duplicité pourrait le tourner comme elle voudrait autour de son petit doigt.

– Bobbie, répondit Diane très sérieusement, si j'étais la femme de Gordon, j'aurais en lui la confiance la plus entière. Il est la véritable personnification de l'honneur. Quoique vous puissiez dire de lui, vous devez admettre qu'il est la loyauté faite homme. Il ne fera jamais rien de bas ni de vulgaire. Ainsi tenez, par exemple, je n'imaginerais jamais Gordon allant en partie galante à Ostende.

Bobbie huma l'air, assez embarrassé. Il était honnête quoiqu'aimant à dauber sur le compte d'autrui. Et il lui répugnait de cacher par des mensonges ce que Gordon lui avait confié sous le sceau du secret.

– Évi-évidemment, se contenta-t-il de répondre, peut-être que non…

Elle sourit avec pitié en regardant Bobbie.

– Peut-être, dites-vous… Vous savez qu'il ne le ferait pas, Bobbie. Gordon est la véritable antithèse de la vulgarité. Enfin dites-moi, pourriez-vous vous le figurer contant fleurette à tante Lizzie ?

Mais Bobbie, honnête jusqu'au bout, se débattit.

– Je pense, Diane, qu'on ne peut avoir une confiance absolue en personne. Aucun homme n'est digne de l'entière foi d'une femme.

Elle rit :

– Taisez-vous, célibataire bouffi de cynisme !

À ce moment, une voix s'éleva derrière eux.

C'était Gordon, d'un ton plein d'emphase et d'indignation :

– Moi je pense que…

Il s'arrêta sous le regard furibond de Diane…

– Comment ! Vous osez interrompre notre conversation !…

– Je… heu… Je…

– Mon ami, dit Bobbie, avec fermeté, je vous ai déjà dit que vous ne tromperiez personne. Perdez donc tout espoir à ce sujet. Vous savez que si j'étais maître ici, vous seriez en ce moment en prison. Mon honorable cousine n'a pas jugé utile d'appeler la police. Je m'incline devant sa décision. Quant à vous, il est tout naturel que vous appréciiez sa générosité à son juste mérite.

Gordon lança au loin sa brosse et son balai et se dressa d'un bond.

– Je m'en bats l'œil ! explosa-t-il… Malgré les apparences, malgré tout, j'affirme que je suis Gordon Selsbury.

À ce moment, il se retourna, car il avait entendu un bruit. Mr Superbus était dans l'embrasure de la porte. Il tenait une enveloppe. Gordon la vit et perdit son assurance. Il s'agenouilla à nouveau et reprit sa brosse.

– Un télégramme pour vous, madame ; je ne savais pas qu'on pouvait en recevoir le dimanche.

Elle prit l'enveloppe, l'ouvrit : *Aberdeen. Excellent voyage, mais serai heureux de revenir. Gordon.*

Bobbie s'exclama :

– Quelle adresse !

Elle le regarda, tout à coup, le front rembruni.

– Que voulez-vous dire ?

– Je veux dire « Quel beau voyage » !… se reprit Bobbie.

Elle hocha lentement, songeusement, la tête.

– Savez-vous, dit-elle, que je commence à me sentir toute différente envers Gordon ?

L'homme à terre, s'assit sur ses talons, l'oreille tendue. À ce moment, Diane eut conscience de sa présence.

– Qu'attendez-vous ? questionna-t-elle froidement.

– Rien… hum… rien…

Gordon se courba à nouveau vers le sol.

– Où est votre… votre complice ?

Gordon tourna la tête.

– Elle lit un livre intitulé *Comment être heureuse même mariée* répondit-il cyniquement.

– Qu'allez-vous faire de Dempsi ? demanda Bobbie à Diane.

Elle fit une grimace.

– C'est ce qui me chiffonne, Bobbie. Évidemment je ne puis pas attendre qu'il disparaisse tout naturellement de mon chemin… Eh bien, qu'y a-t-il ?…

Mr Superbus venait d'entrer à nouveau.

Il s'inclina devant elle en portant la main au cœur, à la façon mahométane.

– Ce clergyman est encore là, annonça-t-il… C'est le pasteur de Banhurst.

Superbus qui avait habité la campagne professait à l'égard du clergé un grand respect. Le pasteur de Banhurst devait être, sans aucun doute, une personnalité marquante. Pour Diane il représentait l'esclavage, la menace… Sa présence dans la maison la terrorisait…

– Dites-lui que je suis malade, dit-elle d'une voix désespérée… Dites-lui que je suis très malade… Demandez-lui de repasser demain… Et ne dites surtout pas que Mr Dempsi est ici.

– Il a laissé sa carte, expliqua Superbus, et il a dit qu'en cas de besoin vous pourriez le faire appeler.

D'un geste, Diane repoussa la carte :

– Je n'ai pas besoin de son adresse… Je n'en ai pas besoin !

Mr Superbus ne protesta pas, s'inclina à la manière orientale et sortit.

– Bobbie, que dois-je faire ? C'est la troisième fois aujourd'hui que ce clergyman sonne à la porte. C'est Dempsi qui l'envoie. Il croit que notre mariage n'est qu'une question d'heures. Il est fou, ce Dempsi, tragiquement fou ! Que faire ?

– Vous avez encore quelques heures devant vous, vous ne pouvez vous marier après la tombée du jour, car c'est défendu par la loi…

– Défendu par la loi !… Croyez-vous que cela puisse embarrasser Dempsi ? La loi, mais c'est lui qui fait la loi pour les affaires qui l'intéressent ! Comment le faire partir ? Avez-vous une idée ?

Bobbie se gratta le crâne… Une idée ?…

– J'en ai plus de cent. Mais elles sont toutes folles ou irréalisables. S'enfuir… ?

– S'enfuir, oui…

– Où ça ?

– En Écosse, rejoindre Gordon.

Bobbie se leva. Il était très embarrassé :

– Vous ne pouvez pas faire cela ! Faites tout ce que vous voudrez, mais pas ça ! D'abord, aucun de nous ne sait où il est en ce moment. Ensuite, ensuite… hum… moi je ne ferais pas ça…

Les yeux de Diane s'écarquillèrent.

– Pourquoi pas ? Je raconterais toute la vérité à Gordon. Je suis sûr qu'il se montrerait sensible à mes malheurs et très gentil. Je suis si certaine que dans des moments pénibles, Gordon… doit être… un vrai… réconfort…

Le petit sourire affligé accompagnant ces paroles était si pathétique que Bobbie en fut tout remué :

– Supposez un instant que Dempsi vous suive – et il le fera certainement… Imaginez qu'il vous rencontre avec Gordon dans les étendues désertiques des moors… ?

– C'est une bonne idée. Dans les moors, Gordon aurait son fusil… Mais chut ! voici Dempsi…

Bobbie avait accepté de loger à Cheynel Gardens car Mr Superbus était assez fatigué et il fallait quelqu'un pour ne dormir que d'un œil.

Durant le souper il se produisit une petite scène. C'est Héloïse qui avait préparé le repas, augmentant ainsi la sympathie que Diane éprouvait pour elle. Dempsi, extravagant comme à l'ordinaire, réclama du vin. Il voulait du vin, du vin rouge, afin de boire à la santé de sa fiancée, de sa future épouse.

– Du vin rouge ! clama-t-il, léger, mousseux, pétillant… Du vin avec la caresse du soleil sur les chauds vignobles… Du sang rouge comme le sang jeune des amants, palpitant de tendresse, d'émoi et de passion !…

Bobbie répliqua par un monosyllabe acerbe et offrit un peu de soda et de whisky. Mais le visage de Dempsi s'assombrit, sur quoi Diane se hâta d'intervenir. Mais déjà Dempsi était déchaîné. Il se leva, baisa la main de Diane, et lui raconta pour la septième fois l'histoire de sa vie. Il lui dit ses angoisses lorsqu'il croupissait dans la hutte des aborigènes, ses anxiétés lorsqu'il recherchait son adorée dans tous les recoins du monde, sa douleur, lorsque sous le ciel étoilé d'Australie il poursuivait son rêve, sa Diane, la dame de ses songes, sa déesse ! Dire que bientôt, elle serait sienne… Le passé serait bien vite oublié !

– La barbe, ponctua Bobbie.

Mr Dempsi fondit en larmes.

– Réellement, Diane, dit Bobbie, ce bonhomme m'est tout à fait antipathique.

Entre-temps, Dempsi avait quitté la salle à manger et avait regagné sa chambre. Diane, fatiguée, à bout de nerfs, se renversa dans son fauteuil en s'éventant la face.

– Il est terrible, hein, Bobbie !... Dites-moi... Il doit pourtant exister un moyen de s'en débarrasser sans être obligé de recourir au meurtre ?...

Dempsi, en regagnant sa chambre, aperçut la porte du bureau ouverte et à l'intérieur Mr Superbus qui arrangeait le feu. Dempsi entra, marcha droit sur le détective, posa une main sur son épaule et soupira avec force :

– Ah, mon ami !

Julius, embarrassé et inquiet, mit à son tour sa main sur une épaule de Dempsi et fit :

– Bonsoir, Monsieur.

– Vous êtes le seul ami que j'aie dans cette maison, fit Dempsi dans un nouveau soupir, la seule âme qui me comprenne et m'apprécie, la seule créature honnête dont le souvenir est doux à ma mémoire.

Ainsi qu'on a déjà pu le remarquer, Dempsi, lorsqu'il parlait de lui – ce qui arrivait souvent – laissait chaque fois supposer qu'il venait de rentrer d'un bref séjour dans l'autre monde.

– Mais il y en a d'autres qui vous aiment, se récria Mr Superbus, d'un ton de sympathique commisération.

– Je ne le crois pas, moi, Giuseppe Dempsi ! Qui oserait dire le contraire !

Julius recula d'un pas.

– Pas moi, monsieur, je vous assure ! C'est la dernière chose au monde à laquelle je songerais !

Giuseppe redevint aimable :

– Dès l'instant où je vous vis, je me dis « Voici un homme aux visées hautes, un super-homme, d'une grande sensibilité et d'une intelligence hors pair. Ce Mr Superbus possède un grand cœur... De plus, c'est un homme d'affaires, sympathique, un vigilant gardien de la loi, un détective de tout premier ordre...

Mr Superbus s'agita avec embarras. Puis il toussa.

– C'est-à-dire, Monsieur, que je ne suis pas tout à fait un vrai détective... Je le suis et je ne le suis pas. Voyez-vous, autrefois, j'étais huissier près le tribunal de commerce...

Dempsi sourit :

– Mais maintenant, mon cher, vous êtes un vrai détective, un disciple de l'immortel Holmes… Quel homme modeste vous faites, au surplus !

– Monsieur, je ne fais que des enquêtes privées, pas officiellement pour Scotland Yard… Je suis détective amateur. Ainsi que j'aurai l'honneur de vous l'expliquer…

Mais Dempsi, dans un flux de paroles, ne permettait pas à Mr Superbus de s'expliquer.

– Dire que vous protégez vos concitoyens contre ce maudit Double Dan ! Dire qu'un tel criminel court en liberté ! Haha ! Vous semblez surpris, n'est-ce pas de me voir au courant de ses exploits !… Superbus, glorieux détective, rendez-moi un immense service. Lorsque vous aurez mis la main au collet de ce brigand, appelez-moi !

Dans les yeux de Dempsi, luisait un éclat significatif… Sur ses mains crispées, Superbus crut voir ruisseler le sang de Double Dan… Le dernier Romain en resta médusé.

– Appelez-moi, répéta Dempsi… Il y a déjà si longtemps que je n'ai tué personne… Mais je ne veux plus parler de cela… Par avance, je plains déjà sa femme et les orphelins qu'il va laisser…

L'Italien reporta son regard admiratif sur Mr Superbus :

– Ainsi donc, vous êtes un détective !… Une unité de cette vaillante armée de courageux citoyens qui bataillent sans répit contre le crime, qui protègent les hommes paisibles comme Giuseppe Dempsi contre les vautours suçant le sang de la société !…

Dempsi tendit la main. Mr Superbus gonflé de vanité la prit. Quel homme du monde ce Mr Dempsi ! Les mots qu'il avait prononcés tournoyaient dans le cerveau du dernier Romain qui se promettait d'ores et déjà de les employer à son profit à la plus prochaine occasion.

– Oui, admit-il avec modestie, notre métier est délicat… Le public ne se rend pas compte des dangers qu'il présente. Nous risquons beaucoup… Ainsi, hier, j'ai failli être renversé par un autobus.

Dempsi sembla impressionné.

– Non ! se récria-t-il.

– Si ! fit gravement Julius en agitant la tête de haut en bas et de bas en haut. C'était pendant que j'accomplissais mon service… Je vis tout à coup un individu à la mine inquiétante, ressemblant à un bonhomme qui me doit de l'argent depuis plusieurs années... Je traversai la rue pour le regarder de plus près... Tout à coup... l'autobus me rata de cinq centimètres...

Dempsi frissonna de tous ses membres.

– Quelle bravoure ! Et avez-vous arrêté beaucoup de malfaiteurs ? Beaucoup, n'est-ce pas ? Mais c'est certainement là un sujet dont vous n'aimez pas à parler... Je comprends vos sentiments. Ils sont ceux d'un homme délicat.

– C'est-à-dire que j'en ai amené beaucoup devant le juge de paix, dit Julius... Ce n'est pas tout à fait la justice... Des gens qui, par exemple, ne payaient pas leurs dettes et devaient de l'argent à leurs fournisseurs...

L'autre le contempla avec terreur :

– Comment pouvez-vous dormir la nuit ?

Julius sourit avec suffisance.

– Ils ne m'empêchent pas de dormir, car j'ai le sommeil profond, moi... rien ne m'éveille la nuit, bien digérer fait bien dormir, dit-il sentencieusement.

– Dites-moi, demanda Dempsi, êtes-vous depuis longtemps au service de ma reine ?

Mr Superbus rappela à lui toutes ses connaissances d'histoire moderne.

– Je croyais, monsieur, que vous aviez un roi en Italie...

Dempsi rit.

– Non, non, non, vous faites erreur ! Je parle de ma douce Dame, Diane... Je suis son esclave, son serf, son chevalier servant, elle est ma reine.

– Ah, vous parlez de Mrs Ford ? Il n'y a pas longtemps que je la connais.

Dempsi changea brusquement de conversation :

– Je vais me coucher. Je ne fermerai pas ma porte au verrou. Voulez-vous m'avertir au cas où Double Dan manifesterait sa présence ?

Question bien inutile, en vérité, car Mr Superbus possédait un organe vocal capable d'attirer tous les habitants du quartier.

– Je veux bien. Mais je n'ai besoin de personne pour lui faire son affaire.

Dempsi se mordit la lèvre et considéra songeusement le détective.

– Écoutez, grand ami, aux premiers coups de feu je serai éveillé. Je serai tout aussitôt à vos côtés.

Julius devint très pâle. Dans les grandes occasions, tous les Romains pâlissaient, même César Borgia, même Néron, cet amateur de feux d'artifice.

– Des dé-to-na-tions ? demanda faiblement Mr Superbus.

– Oui. Double Dan est armé jusqu'aux dents… Mais que votre conscience soit calme, mon cher détective, je serai là pour prendre votre place si vous tombez victime du devoir !

Julius haussa le cou péniblement :

– Lorsque je tomberai victime du devoir ?… Sur les tapis ?…

– Mon cher Superbus, ajouta encore Dempsi, lorsque vous tomberez, n'oubliez pas d'ouvrir une dernière fois les yeux. La suprême vision que vous aurez : ce sera moi penché avec pitié sur votre corps percé de balles, mon pauvre Superbus… Puis je me redresserai et réglerai le compte de votre meurtrier.

Julius ferma les yeux et remua les lèvres. On eût dit qu'il faisait ses oraisons…

23. Réflexions sur un trépas héroïque

Les yeux clos, il vit en imagination un spectacle tragique. À l'avant-plan, sur le sol, gisait une forme inanimée : la sienne.

– Mon Julius, je te jure que tu seras vengé !

La main de Dempsi se posa sur son bras…

– Vous… vous êtes sûr qu'il a des armes à feu sur lui ?

– Oui.

– Chargées ? Mais c'est une infraction à la loi ! On se fait condamner pour ça !

– En fait, cher ami, tous les desperados que j'ai rencontrés étaient armés jusqu'aux dents, et ils n'hésitaient pas à se servir de leur revolver. Je puis vous assurer également qu'ils sont adroits au tir.

– Croyez-vous ?… Mon excellente épouse disait que…

Dempsi ne lui laissa pas le temps d'achever. Son visage devint tout à coup grave, comme s'il se rendait compte d'une situation dramatique.

– Votre femme ? N'ayez aucune crainte, mon brave Superbus. Elle ne sera jamais dans le besoin. Je m'occuperai d'elle. Votre action d'éclat sera honorée et commémorée, je vous le promets. Votre nom sera immortalisé dans la pierre. J'ai déjà, dans mon cerveau, un projet de plaque de marbre noir, simple et grandiose. Une inscription en lettres d'or dira ceci :

À LA MÉMOIRE DE JULIUS SUPERBUS
HÉROS, GENTLEMAN ET ROMAIN.

La voix de Dempsi tremblait un peu. On eût dit qu'il prononçait un éloge funèbre devant le mémorial en question.

Quant à Mr Superbus, il essuyait la sueur qui coulait de son front, à grosses gouttes.

– Mer-merci beaucoup… Ma fem-femme sera bien aise de vos bon-bontés… Elle sait que je suis brave. Je vous suis très obligé. Personne ne serait plus gentil que vous…

– Ne la voyez-vous pas en imagination, votre épouse, lisant l'inscription destinée à perpétuer votre héroïsme ? Moi, je la vois qui contemple la plaque apposée dans la muraille d'une belle église gothique… Elle a les yeux humides. Ses enfants sont à ses côtés…

– Je n'ai pas d'enfants, remarqua bruyamment Mr Superbus.

Dempsi fit un geste vague.

– Elle peut se remarier… Elle doit être encore jeune… La vie lui réserve peut-être encore du bonheur.

Le pauvre Julius, incapable de demeurer debout, se laissa tomber sur une chaise.

– Ce que vous dites-là n'est guère fait pour m'encourager…

Dempsi se pencha sur lui et lui parla avec gentillesse.

– C'est donc entendu ? N'ayez aucune hésitation, cette nuit. Appelez-moi si vous êtes en danger… J'arriverai peut-être encore à temps pour vous sauver la vie… Dieu fasse qu'il en soit ainsi. Nous sommes de fermes alliés, n'est-ce pas, mon cher Superbus ? Celui qui vous offense, m'offense ! Gare à lui, il aura affaire à moi, à moi,

Giuseppe Dempsi !

Le détective amateur se leva. Mais ses genoux le soutenaient à grand'peine et sa langue avait la sécheresse d'un vieux parchemin.

– Je pensais à ceci, Mr Dempsi… Vous dormez dans la maison… Mr Bobbie passe également la nuit ici… Dans ces conditions, est-il bien indispensable que j'y demeure ? Non pas que je sois effrayé, loin de là… Le danger n'intimide pas Superbus… Mais c'est à mon excellente épouse que je pense…

– Je serai prêt à accourir, répéta Dempsi en manipulant un petit revolver qu'il avait extrait de sa poche.

À la vue de l'arme, Julius manqua s'évanouir.

– Je n'ai peur d'aucun homme de ma taille, proclama-t-il d'une voix tremblante… Mais les cambrioleurs ne sont pas loyaux… Ils vous surprennent par derrière… Est-ce juste, ça ?

Dempsi ne répondit pas, car tante Lizzie venait d'entrer dans la pièce…

24. La conversion d'Héloïse

Gordon, à la cuisine, s'ennuyait. Le fumet des rôtis et l'alignement brillant des casseroles d'aluminium n'avaient aucune poésie pour lui. Il avait déjà lu et relu les deux livres de cuisine et les vieux journaux qui formaient la bibliothèque de l'office ainsi que l'almanach qu'il aurait pu réciter par cœur et dans lequel il avait appris toutes les dates des assassinats célèbres, des attentats politiques et des naissances d'hommes illustres.

Il avait à peine vu Héloïse et encore moins Diane. Chose curieuse, malgré la façon cavalière dont Diane le traitait, il n'éprouvait à son égard aucun ressentiment. Au contraire, il ressentait une sorte de malin plaisir à penser à elle. Il possédait, en effet, un sens aigu de l'humour et le comique de sa situation lui sautait aux yeux.

Quelle femme énergique !… Et quelle jolie fille ! Dire qu'avant sa folle aventure, il n'avait même pas remarqué ces deux qualités ! Mais… ce Dempsi… Le cœur de Gordon s'alourdit d'angoisse.

La porte s'ouvrit lentement. Gordon, rêveur, leva les yeux, espérant voir entrer celle à qui il pensait. Mais il fut désappointé. Ce n'était qu'Héloïse.

Mrs Van Oynne jeta à terre le livre qu'elle tenait, tordit un morceau de journal qu'elle approcha de la flamme du poêle pour allumer ensuite sa cigarette. Il se leva du fauteuil d'osier sans mot dire et lui céda sa place.

Les yeux fixés sur les charbons incandescents, Héloïse fumait en silence. Gordon la regarda de côté. Elle était belle, mais d'une beauté plus dure, plus sévère que Diane. Gordon se sentit plein de pitié pour elle.

– Vous pouvez vous flatter de m'avoir attiré dans une vilaine aventure, dit-il posément sans une trace de rancœur dans la voix.

Elle l'examina de côté et, d'un petit geste précis, fit tomber la cendre de sa cigarette.

– Il n'y a vraiment pas de quoi devenir fou, mon bonhomme…

Un frisson glacé courut dans le dos de Gordon lorsqu'il entendit cette réponse :

– J'aimerais que vous ne m'appeliez pas « mon bonhomme »… C'est si déplacé… si…

Elle rit aigrement.

– Il y a deux jours à peine, j'étais encore si parfaite à vos yeux pourtant…

– Que voulez-vous dire ?

– Nous ne nous faisions aucun reproche… Nous parlions d'âmes, d'affinités d'âmes… Si vous saviez comme je devais faire attention pour ne pas m'endormir en écoutant vos radotages… Maintenant, vous êtes tout différent et je vous aime mieux comme ça… Je préfère le bon sens et le naturel… Mon bonhomme, c'est grâce à moi que vous avez déserté les régions éthérées de la philosophie pour les réalités de l'existence. C'est moi qui vous ai formé…

– C'est vous qui avez ruiné ma réputation, voulez-vous dire, interrompit-il avec haine… Si vous n'étiez pas venue ici, derrière moi, j'aurais pu tout expliquer à Diane, je veux dire, à miss Ford.

– Je préfère que vous disiez « Diane ». Cette jeune dame n'est certainement pas une demoiselle. Ou bien elle est mariée, ou bien… Ah, si je n'étais pas venue !…

– Je ne vous comprends pas… Pourquoi êtes-vous venue ici ?

– Parce que mon homme m'a trahie… expliqua-t-elle froidement.

– Votre homme, dit Gordon stupéfait, vous voulez dire votre mari ?

Elle jeta sa cigarette et s'étira.

– Mon mari est l'être le plus incompréhensible qui ait jamais existé… Je parle de Dan, de celui que vous nommez Double Dan…

Un silence tomba que rompait le tic tac monotone de l'horloge.

– Vous-vous… vous travaillez avec Double Dan ? questionna-t-il…

Elle sourit avec pitié.

– Certainement. Dans quel but croyez-vous donc que je vous aie permis de me conter fleurette ?… Parlons franchement… Que pensez-vous avoir d'attirant pour une femme ?

Il bégaya une protestation confuse :

– Je-je ne vous ai pas conté fleurette… Nous avons parlé de choses… de philosophie… de goûts communs…

– Si vous aviez eu autant d'expérience que j'en ai, vous vous seriez rendu compte que tout cela n'était que du flirt ! Vous me faisiez la cour, mon cher, inconsciemment peut-être, mais vous me faisiez la cour !

La colère de Gordon monta d'un degré :

– Il n'en a jamais été question, protesta-t-il. Vous savez très bien que nous avons discuté de choses impondérables… Nous n'avons jamais échangé… de caresses… C'est à peine si j'ai effleuré votre main. Comment osez-vous dire que je vous faisais la cour en vous décrivant des animaux préhistoriques !

Mais à la grande indignation de Gordon, elle insista sans aucune espèce de pudeur :

– Mon bonhomme, c'est ainsi que les grands esprits jouent au jeu de l'amour. Lorsqu'un savant se met à me parler d'un dinosaure et de l'âge de la pierre taillée, c'est qu'il a le béguin pour moi !

– Alors, fit-il, bouillant de colère, tout cela n'était qu'une infâme comédie pour m'éloigner ?

– Comment, vous ne le savez pas encore ?

Héloïse était sincèrement stupéfaite.

– Comme vous pensez lentement ! s'exclama-t-elle… Il vous a fallu du temps pour vous en rendre compte… Ma mission était de vous éloigner, tandis que Double Dan…

– … devait se faire passer pour moi.

Maintenant, il s'expliquait tout. Les mystères n'étaient plus des mystères pour lui.

– Mais il m'a trahie ! On m'avait cependant avertie avant mon départ de Manhattan Island avec lui… Mais je n'ai pas voulu croire ceux qui me donnaient leurs conseils… J'avais foi en lui, je m'étais laissée bêtement embobiner !… Vous voyez quelle folle je suis ?… Tout ce que les autres m'ont dit s'est réalisé. Hier matin, alors que tout était prêt pour vous attirer à Ostende, je suis allée le voir au sujet du partage de l'argent de Mendelssohn… Non, ne faites pas un geste horrifié, je n'ai pas travaillé dans cette affaire. C'est une petite amie à moi qui a eu le talent de simuler une escapade avec le vieux Mendelssohn… Il lui fallait sa part car elle devait partir voir son fils malade. Comme j'ai bon cœur, j'ai avancé l'argent à Freda – c'est son nom – et je me suis rendue chez Double Dan, pour récupérer mon dû… Freda travaillait aux mêmes conditions que moi, quarante pour cent pour elle, soixante pour Double Dan…

– Double Dan ? s'exclama Gordon en se frottant les yeux machinalement, votre mari ?

– Mon mari ! se récria-t-elle avec dégoût… Vous êtes fou… Je suis une femme respectable, moi… Je suis mariée… Depuis dix ans ! J'ai un coquet appartement à New York et un gentil mari, un beau mari, un brave mari…

– À-à-New York ? répéta-t-il.

Elle hésita un instant.

– Pas pour le moment, car il est au pénitencier, mais il est innocent, je le jure. Vous savez comme les juges sont injustes. Ils vous feraient asseoir sur le fauteuil électrique pour gagner un dollar. Mon pauvre John a été surpris la nuit dans la bijouterie d'Ackensmits et on l'a condamné. Pourtant les juges savaient très bien que ce n'était pas de sa faute car il est somnambule, le pauvre… Enfin, il est très bien vu à Sing-Sing où il est un des meilleurs chanteurs de la chorale pénitentiaire. Il aura fini sa peine dans un mois et naturellement je serai à New York pour le recevoir.

– C'est un… vo… leur ?…

Héloïse rougit de colère :

– Un voleur, John ! Vous êtes maboul ! Il a eu de la malchance, voilà tout ! C'est une victime du somnambulisme, vous dis-je ! Lorsqu'il est dans son état ordinaire, il ne prendrait pas un centime… Naturellement, c'est pendant la nuit que sa maladie se manifeste le plus fort… Non, monsieur, John est un gentleman quoique la police américaine l'appelle « un expert en éventrations de coffres-forts » !

– Ah, je comprends, fit Gordon sardoniquement, c'est un monsieur qui fait sauter les banques, de préférence la nuit, et il a soin de s'attaquer aux banques où il ne possède pas de compte courant !…

– Je travaillais avec lui, poursuivit Héloïse sans paraître s'apercevoir de la remarque de Gordon, mais cela a fini par lui causer des ennuis, alors je me suis associée avec Double Dan, cet hypocrite…

Gordon cessa de tambouriner sur la table pour demander :

– Alors. Double Dan va venir ici ? Il va apparaître sous mes traits et mon apparence ? C'est ça l'épilogue de nos conversations scientifiques ?… Tout ce que nous nous sommes dit, alors, c'était…

– … de la frime ! Et cela me barbait rudement, croyez-moi !

– Mais, fit-il intrigué, vous ne m'avez pas encore expliqué pourquoi vous êtes venue ici…

– Parce que je veux avoir mon argent, l'argent que j'ai prêté à Freda… Je suis allée chez Double Dan… Savez-vous ce qu'il a osé me dire ? Qu'il n'avait pas eu de chèque de Mendelssohn ! Comme si Double Dan va s'embarrasser de chèques ! Il a ajouté qu'il était à court d'argent… qu'il avait des dettes. J'ai juré, tempêté, menacé, il m'a répondu froidement que j'avais eu tort de payer Freda, qu'il regrettait beaucoup, mais… que je pouvais aller au diable !

Gordon la regarda sérieusement.

– Pourquoi me racontez-vous tout cela ? Vous rendez-vous compte que je n'aurais qu'à téléphoner à la police pour que votre affaire soit réglée ?…

Elle ne sourcilla pas :

– Cher oncle Isaac ! fit-elle en riant.

Il vacilla… C'est vrai, dans cette maison, il était l'oncle Isaac, rien que l'oncle Isaac !…

– Comment le reconnaîtrais-je, ce Double Dan, lorsqu'il arrivera ? Quand l'attendez-vous ?

– Je l'ignore. Dan fait son apparition quand on s'y attend le moins. C'est un type extraordinaire, je dois le reconnaître. C'est mieux qu'un expert, c'est un artiste. Vous ne pouvez prévoir quand il arrivera… Il revêt toutes sortes d'apparences. Parfois c'est un valet…

Gordon tressaillit… Un valet ?… Mr Superbus ?…

– Vous voulez parler de notre ami, le détective ?…

– Double Dan imite très bien les détectives. Un jour, il a roulé la police en se déguisant en un des deux agents qui étaient chargés de le surveiller nuit et jour… Mon bonhomme, vous devriez me remercier à genoux des quelques renseignements inappréciables que je suis en train de vous fournir… Ah, j'oubliais, Double Dan a aussi le talent de personnifier les clergymen, particulièrement ceux qui se rendent à domicile… Les clergymen de ce genre lui ont rapporté au moins un demi-million.

– Un pasteur… Il en est venu un aujourd'hui. Mais pourquoi ne témoignez-vous pas contre lui en justice ?

– Non, monsieur, c'est en privé que nous réglerons nos comptes… Entre Double Dan et Héloïse Chowster… Chowster est mon nom… Je suis la fille du révérend Chowster, de Minneapolis et j'ai été à l'école jusqu'à dix-neuf ans, ne l'oubliez pas… D'ailleurs, je ne suis pas ici pour vous faire ma biographie… Sachez, mon bonhomme, que la naissance et l'éducation comptent pour quelque chose…

Il se couvrit le visage de ses mains tremblantes :

– Quel fou j'ai été ! Quel fou !

Héloïse le regarda, étonnée, car c'était vraiment la première fois qu'elle le trouvait intéressant.

– À mon avis tous les hommes sont toujours plus ou moins fous… Oui, l'homme vient au monde avec un grain de folie… Pendant vingt ans, il a l'occasion de devenir sage, puis il rencontre une femme qui le fait retomber dans l'aliénation mentale…

– Je ne supporterai pas que Mr Double Dan vienne se livrer à ses exploits chez moi, rétorqua farouchement Gordon… Je suis fermement décidé à brouiller son jeu.

– Vous croyez ? demanda-t-elle avec une curiosité polie.

– Croyez-vous que je vais rester les bras croisés tandis qu'une paire de coquins…

– Oh ! Oh ! Oh ! protesta-t-elle.

– … rançonnent la société sans vergogne ?

– Très bien. Mais je doute beaucoup que vous parveniez à importuner Double Dan. Mon John me disait toujours que Dan saurait fracturer un coffre-fort avec une épingle à cheveux.

– Je vais tout raconter à la police, dit fermement Gordon… J'ai été fou de ne pas m'y être décidé plus tôt… C'est peut-être la déconsidération pour moi… mais je veux que vous alliez tous deux en prison !

Héloïse demeura imperturbable devant l'orage déchaîné.

– Petit bonhomme en sucre, fit-elle, ne te fâche pas… Sois gentil, baby !

Il tourna vers elle un visage ravagé de colère :

– Vous avez fait tout ce que vous avez pu pour faire croire à miss Ford que j'étais votre… hum… votre… quelque chose pour vous… Je vous aurais tout pardonné, excepté ça…

– Bébé… ne te fâche pas… montre tes petites dents de lait, bébé… Oh méchant dada !…

Diane qui venait d'entrouvrir la porte de la cuisine, entendit cette dernière phrase.

– Je vous saurais gré d'attendre que vous soyez hors d'ici pour vous susurrer des mots d'amour, dit-elle froidement.

Au son de sa voix, Gordon sursauta violemment. Puis il retomba dans une apathie douloureuse. Il semblait vaincu, bien vaincu.

– Je ne sais pas ce que vous voulez dire, dit insolemment Héloïse en regardant Diane dans les yeux… Je trouve, moi, que les coquins, peuvent très bien se dire de douces choses. J'admets que l'oncle Isaac n'est pas un beau chéri comme le petit Wopsy… Mais aux yeux de tante Lizzie, c'est un amour de darling !…

Gordon n'eut pas la force d'intervenir. Son courage s'était évanoui. Il disparut dans l'arrière-cuisine et reposa son front fatigué sur la machine à hacher la viande.

La réplique de Mrs Van Oynne laissa Diane interdite :

– Mr Dempsi est un ami très cher… Mais le comparer à votre…

Diane se détourna. Le double jeu qu'elle jouait la rendait malade. Elle en avait assez de toute cette hypocrisie. Si elle avait dû exprimer sa pensée, elle aurait clamé à Héloïse qu'elle préférait mille fois Double Dan à Dempsi.

– Cette aventure me rend malade. J'en ai assez de cette villégiature ici, dit l'Américaine du plus plat accent yankee.

L'effet de cette phrase fut magique. Diane releva son front soucieux et articula très doucement.

– Je vous plains, quelquefois, madame.

Héloïse haussa les épaules.

– Et moi je ne suis pas toujours à la noce, mademoiselle… La vie est parfois un tel enfer !

Le cœur de Diane allait irrésistiblement à la femme qui était devant elle. Sa solitude, l'atmosphère de tragédie qui semblait l'entourer, le mystère de sa vie, tout cela appelait la tendresse et la charité.

– J'aurais dû comprendre que vous n'aviez pas été heureuse, madame. Excusez-moi si parfois je me suis montrée brutale envers vous.

Se rendant compte de la faiblesse momentanée de Diane, Héloïse s'empressa de la mettre à profit :

– Avant de le rencontrer, j'étais honnête, soupira-t-elle.

Gordon, horrifié, sortit de l'arrière-cuisine :

– Vous… vous…

– Silence !

Devant le regard de colère de Diane, il se mourait.

– C'est lui qui a fait de moi ce que je suis, hélas…

Héloïse jouait maintenant sa dernière carte et elle misait sa liberté.

La voix de Diane trembla de rage contenue en se tournant vers Gordon :

– Espèce de brute ! Vous n'êtes pas honteux de ce que vous avez fait ! Vous êtes un tigre qui ne méritez pas de vivre… Pourquoi ne le quittez-vous pas, Héloïse ?

Héloïse renifla bruyamment et se frotta les yeux.

– Il me tient sous sa coupe, Mademoiselle… Les hommes comme lui n'ont pas pitié des femmes qu'ils ont domptées… Les malheureuses sont soumises jusqu'à la mort…

Gordon s'avança sur Héloïse qui hurla :

– Protégez-moi ! Il va me battre !

Le bras de Diane se posa sur celui de Gordon.

– Reculez !…

Puis à Héloïse :

– Il ose vous… battre ?

Sanglotante, Héloïse baissa la tête en signe d'affirmation.

– Parfois je suis toute bleue et toute noire… Il me battra certainement tantôt à cause de cette scène. Ne vous inquiétez pas à mon sujet, miss Ford… Je dois supporter Dan jusqu'au bout, quoiqu'il arrive !

– Traître ! s'exclama Diane.

Héloïse pleurait. Gordon grinçait des dents. La voix de Diane était grave et vibrante :

– Pourquoi ne pas le quitter, ma chère ? Êtes-vous mariée ?

– Les hommes comme Double Dan ne se marient pas, sanglota Héloïse.

Diane regarda Gordon.

– Et moi, je vous dis qu'il vous épousera ! prononça-t-elle.

Brusquement Héloïse se jeta aux pieds de Gordon. Ce dernier, abasourdi, n'eut même pas l'idée de la repousser lorsqu'elle l'entoura de ses bras… Il devait rêver, c'était certain.

Mais le cauchemar allait bientôt s'évanouir, car des aventures comme la sienne n'existent pas dans la réalité. Il n'eut qu'une pensée, ne pas bouger, ne pas remuer… attendre la voix de Trenter qui allait comme tous les matins lui annoncer :

– Il est 8 heures, monsieur, et il pleut…

Alors, Gordon ouvrirait les yeux et tout serait redevenu normal.

Au lieu de Trenter, ce fut la voix d'Héloïse qui l'apostropha :

– Dan… Dan… tu as entendu ce qu'a dit la bonne demoiselle ?… Épouse-moi, Dan, épouse-moi, je t'en prie.

Gordon sourit d'un air égaré.

– Reprenons notre vie calme d'avant… Permets que je revoie la petite ferme paternelle du Connecticut, Dan… Oh ! le son argentin des cloches de la chapelle… Les paisibles vaches broutant l'herbe tendre… Rends-moi tout cela, Dan…

La voix d'Héloïse gémissait sur un timbre aigu.

Gordon se secoua.

– Qu'est-ce que c'est que cette mascarade ? hurla-t-il tout à coup, incapable de se contenir.

– Faites attention ! dit sévèrement Diane.

Il secoua la tête :

– Je vous dis que…

– Vous l'épouserez !

– Je ne puis pas !… Je ne veux pas ! Allez tous au diable !

Héloïse se courba hypocritement comme si elle allait être battue.

– Tu as promis, Dan… Tu as promis… sanglota-t-elle, tu ne vas pas renier ta parole, n'est-ce pas ? Dis-moi que tu m'épouseras, Dan !

Diane, devant le désespoir de la comédienne, sentait son cœur se fendre. Gordon, au comble de la rage, retroussa les lèvres en un rictus affreux.

– Ah, tu souris ! poursuivit Héloïse… Je vois tes yeux briller… Tu es gentil, n'est-ce pas ? Nous allons abandonner ce vilain métier d'escrocs et prendre une petite ferme en Amérique… Oh ! Dan, ne sera-ce pas délicieux lorsqu'assise à la porte du jardin, je te verrai jeter du grain aux poulets ?

– Au diable les poulets ! Au diable la porte du jardin ! Voyons, Diane, vous ne vous apercevez donc pas que cette femme joue ici une comédie infâme et indigne. Elle n'est absolument rien pour moi… !

– Il me chasse ! Il me dédaigne ! Il me méprise ! sanglota Héloïse qui tomba sur le sol, de tout son long…

Diane, se précipita vers elle et lui releva la tête :

– Venez avec moi, ma chérie. Cet homme est insensible aux prières.

Puis, se tournant vers Gordon :

– Vous pouvez bien rire, misérable.

– Je ne ris pas, protesta Gordon avec indignation… D'ailleurs il n'y a vraiment rien de risible dans cette maudite maison !…

Diane contempla Héloïse avec une profonde commisération.

– Si je vous donnais de l'argent, est-ce que vous retourneriez chez vous, à la maison ?

– Oui, fit faiblement Héloïse.

– Vous aurez ce qu'il vous faut demain. Accompagnez-moi, maintenant.

D'un geste dolent, Héloïse se libéra de la main de Diane.

– Non… fit-elle d'une voix cassée, je veux rester ici encore quelques minutes… Je veux dire… à Dan… ce que personne d'autre au monde… ne pourrait entendre.

Diane devint très pâle.

– Je crois comprendre, dit-elle simplement, et elle sortit en fermant la porte derrière elle.

Héloïse écouta quelques instants, puis se tourna vers Gordon, la face illuminée de joie.

– Chic ! jubila-t-elle en dansant entre la table et l'armoire. Mon ticket de retour est payé !… Quel ange, hein, mon vieux !

– Méchante femme ! Vipère ! siffla Gordon, comment ! Vous n'êtes pas honteuse !

– Flûte ! (Puis, tout à coup, s'approchant de Gordon, elle lui parla les yeux dans les yeux :) Ayez pitié de moi, mon bonhomme… Car supposez un instant que Double Dan ne veuille pas me rendre mon argent… Que ferais-je ? Je n'ai plus un centime. Je suis fauchée… Comment traverser l'Atlantique pour retourner chez moi ?… Ayez un peu de cœur, voyons.

– Vous avez abominablement trompé miss Ford.

– Écoutez-moi, pour l'amour de Dieu… Et vous, ne l'avez-vous pas trompée ?… De toute façon, vous ne méritez pas une jeune fille épatante comme elle… Ah, elle en a du cœur, et de l'intelligence, celle-là !

Il marcha nerveusement de long en large dans la cuisine, marmonnant des choses indistinctes. Puis, il s'arrêta devant elle :

– C'est vous qui avez trompé tout le monde ici. Vous n'avez pas craint de m'accuser de tous les crimes et d'affirmer à miss Ford que je suis Double Dan.

Héloïse, insouciante, avait allumé une cigarette. Elle s'était assise sur le coin de la table et ses pieds se balançaient dans le vide.

Peu à peu, Gordon se calma :

– Je finirai dans un asile d'aliénés, c'est aussi sûr que Double Dan terminera sa carrière en prison.

– Ne vous en faites pas, le petit jeu va bientôt cesser. D'abord, moi, j'en ai assez. Et puis, dans quinze jours, John sera à la maison… Je vais en finir avec Dan.

– Il va venir ici ? demanda Gordon.

– Nous nous verrons et il me donnera ma part, dit énigmatiquement Héloïse. Ah, il a cru que je me contenterais de dix pour cent des bénéfices ! Il ne sait pas que c'est la moitié qu'il me faut !

– Écoutez, dit Gordon, je vous préviens que cette comédie a assez duré !… Il y a 50 000 dollars dans le coffre-fort du studio… C'est cela sans doute l'objectif de Double Dan ?

– 50 000 ! s'exclama Héloïse, haletante… Voilà qui explique tout… Vous m'aviez pourtant dit autrefois, Gordon, que vous n'aviez jamais plus de 1 000 livres en argent liquide chez vous…

– C'est de l'argent que j'ai exceptionnellement ici, pour payer un Américain, répondit Gordon, avec une patience qui l'étonna. Au fond, je ne vois pas très bien pourquoi je vous donne tant d'explications. Il est vrai que je deviens fou !… Quoiqu'il en soit, les 50 000 dollars sont dans mon coffre-fort… Cela me suffit.

Héloïse se taisait, pensive.

– Ainsi donc, Double Dan le savait !… 50 000 dollars… 10 000 livres sterling… une fortune… et il la voulait tout entière pour lui, sans partage avec personne !… Le cochon !…

Héloïse avait oublié la présence de Gordon. La trahison de Dan l'absorbait tout entière :

– Ah ! Je comprends, maintenant, pourquoi il tenait tant à travailler seul !… Attirez-le à Ostende, et je me charge du reste, disait-il… Le reste, c'était 50 000 dollars pour lui !… Quel cochon !…

– Madame, intervint Gordon, vos affaires privées ne me regardent pas…

– Haha ! Il a voulu me rouler ! Eh bien, on va voir si je vais me laisser faire, foi d'Héloïse Chowster ! Attendez, Double Dan, vous allez avoir de mes nouvelles !

La perfidie de Dan ouvrait à Héloïse des horizons nouveaux. Ce qu'elle voulait avant tout maintenant, c'était se venger !

– Je ne me laisserai pas voler par Dan, vous m'entendez ! éclata à ce moment Gordon. Est-ce que vous me prenez pour un fou, par hasard ?

– Je l'ai parfois pensé… répliqua-t-elle froidement.

Mais tout à coup, elle changea de ton, car elle venait d'entendre le pas de Diane dans l'escalier :

– Je ne te demanderai plus rien, Dan, fit-elle en sanglotant… Je te souhaite bonne chance… Veux-tu… me donner la main… pour la dernière fois ?

Abasourdi, Gordon la fixa sans mot dire… Il comprit lorsqu'il aperçut Diane.

– Ne nous séparons pas comme ça, Dan… Je te pardonne tout le mal que tu m'as fait. Adieu, Dan, mon ami…

Elle tendit vers lui une main timide.

– Au revoir, répéta-t-elle.

– Espèce de brute, ordonna Diane, donnez-lui la main… tout de suite !

Gauchement, comme un enfant, il obéit.

– Venez avec moi, ma chère, dit doucement Diane… Ne vous occupez plus de lui…

– Merci, fit Gordon, c'est la première chose sensée que vous dites…

– Miss Ford, puis-je vous demander quelque chose ? fit Héloïse, en hésitant.

– Mais certainement.

Héloïse montra la robe claire qu'elle portait :

– Mes vêtements… Je n'y tiens plus beaucoup… je n'ai plus l'esprit à la joie, maintenant… Si vous aviez une robe noire pour moi… une robe sévère…

Diane comprit.

– Venez avec moi dans ma chambre, Héloïse, je vous donnerai ce dont vous avez besoin. N'ayez pas peur, je vais envoyer Superbus pour surveiller ce coquin.

Gordon leva un doigt menaçant :

– Diane, je vous prie de ne pas venir en aide à ce démon femelle... Et pour l'amour du ciel, ne lui prêtez pas vos toilettes... Elle se fera passer pour vous...

Le regard que Diane lui lança aurait glacé un ours polaire.

– Brute, infâme brute ! Allez vous coucher, et dormez, si votre conscience vous le permet !

25. À l'assaut du coffre-fort

Ce fut la cloche de l'église voisine qui rappela à Gordon que l'on était lundi matin.

Dans le couloir, quelques heures auparavant, la voix de Bobbie avait crié « Bonne nuit » à quelqu'un.

– Bonne nuit ! répondit Gordon.

– Ce n'est pas à vous que je parle ! fit Bobbie sèchement.

Bobbie avait passé la soirée avec l'inspecteur Carslake à qui il avait posé un tas de questions.

Il rentra à Cheynel Gardens, et se rendit immédiatement à sa chambre dont il ferma la porte sur lui. Gordon, l'oreille aux aguets, entendit le verrou se fermer dans la chambre de Diane. Quelques minutes après, Dempsi passa dans le couloir. D'en bas monta le ronflement sonore de Mr Superbus.

Toutes les issues de la maison étaient fermées, sauf une : c'était la vitre qui s'ouvrait dans la grande baie du bureau. Sans en avoir l'air, Gordon avait examiné la baie pendant la journée car il redoutait que Diane n'eût bloqué le panneau avec des vis. Heureusement, elle n'y avait pas pensé.

La demie d'une heure sonna. Gordon sortit de son lit et s'habilla. Il n'avait pas d'argent, mais les domestiques de l'hôtel le reconnaîtraient. Là, il pourrait faire un chèque et, une heure après, il aurait autant d'argent qu'il en voudrait. Lorsqu'il aurait l'argent, il reviendrait à Cheynel Gardens et s'occuperait spécialement de Dempsi. Le mettrait-il à mort ?... En tout cas, il lui ferait endurer tous les supplices de l'enfer. Quant à Héloïse… peut-être serait-elle partie ?… Il éteignit, ouvrit la porte et écouta. Pas un bruit. Il descendit l'escalier avec mille précautions et arriva au bureau. Mr Superbus respirait en mesure. Son ronflement faisait vibrer les carreaux. Lorsque Gordon entra, le détective émit un petit grognement et se retourna. Le ronflement cessa, mais Julius n'interrompit point son somme.

Le moment était bien choisi. Gordon fit un pas en avant, mais s'arrêta brusquement. Projeté de l'extérieur, un cercle de lumière venait d'apparaître sur le vitrail… Il attendit, retenant sa respiration. Il perçut un bruit de lime, puis la vitre bascula… Une forme noire entra…

Le rond lumineux apparut à nouveau, mais cette fois sur le coffrefort. Un cambrioleur ! La première impulsion de Gordon fut de courir sus à l'homme et de l'empoigner… La seconde fut d'agir avec plus de prudence.

– Haut les mains ou je tire !

La lumière s'éteignit brusquement et une voix plaintive s'éleva.

– Ne tirez pas, monsieur, c'est un policeman qui est ici…

– Taisez-vous ! ordonna Gordon, il y a un homme qui dort dans cette pièce… Où est votre revolver ?

– Je n'en ai pas.

– Que faites-vous ici ?

Gordon saisit la lampe de poche, dirigea le rayon lumineux sur le visage de l'homme.

– Je vous connais ! s'exclama immédiatement Mr Selsbury.

Les lèvres minces s'écartèrent en un sourire obséquieux :

– Vous avez l'avantage pour le moment… monsieur.

– Vous êtes le nettoyeur de vitres d'hier matin, n'est-ce pas ?

Le cambrioleur fit un signe affirmatif :

– On m'appelle Stark… Je ne ferai pas de rouspétance, mais si vous dites au juge que j'avais un revolver, je dirai que vous êtes un menteur !

Comme il élevait la voix, Gordon regarda autour de lui avec angoisse. Heureusement Mr Superbus n'avait pas cessé de ronfler…

– Ne parlez pas si haut, ordonna Gordon… et dites-moi… Avez-vous ouvert le coffre ?

– Si vous étiez venu une minute plus tard, c'était fait, avoua Stark, vous avez gâté une nuit de beau travail.

– Dans ce cas, ouvrez-le.

– Quoi ?

Stark n'en croyait pas ses oreilles.

– Je vous dis de l'ouvrir. Vous serez bien payé pour ce travail, et je vous rendrai la liberté… La seule chose à faire est de fracturer une serrure. Le mot secret est *Telma*…

– Vous ne blaguez pas, monsieur ?

– Non, non. J'ai perdu ma clé. Mettez-vous au travail. Pourriez-vous vous en tirer sans lumière ?

L'autre ricana dans l'obscurité :

– Seuls les amateurs travaillent à la lumière de la lampe. Moi, je me contente de mon ampoule électrique. C'est plus sûr.

De dessous son veston, il tira une pince-monseigneur et un instrument plus long et plus mince. Stark était peut-être un pauvre nettoyeur de vitres, mais en tant que cambrioleur, c'était un aristocrate possédant tout le matériel nécessaire à l'exercice de son occupation favorite.

– Avez-vous déjà vu ouvrir un coffre-fort avant aujourd'hui ? demanda Stark.

Gordon secoua la tête.

– Oui, mais pas de cette façon.

– Il faut des années d'apprentissage pour arriver à un résultat. Les étrangers ont gâté le métier… Trop de concurrents, surtout des Américains… Pourquoi ne restent-ils pas dans leur pays, ces Yankees ? Nous enlever ainsi le pain de la bouche !…

Tout en bavardant, Stark avait « travaillé » et brusquement la porte du coffre s'ouvrit…

– Voilà, monsieur est servi !

– Ouvert ? Déjà ?

– Oui.

– Donnez de la lumière…

– Voici.

Gordon se pencha et s'exclama :

– Il n'y en a jamais 10 000 dedans !

Brusquement, il s'arrêta et leva la tête… Quelqu'un descendait l'escalier. Fiévreusement, Gordon rafla tous les billets, en fourra un dans la main de Stark et souffla :

– Vite, partez… il y a quelqu'un !

En une seconde Stark eut franchit la fenêtre… Gordon le suivait lorsqu'une voix tremblante s'éleva du sofa :

– Qui-qui-qui est là-là ?

Mr Selsbury n'attendit pas pour fournir des explications. Lorsque le détective, avec un courage réellement surprenant, bondit vers lui, il sauta par la fenêtre.

– Halte ! s'écria une autre voix au même moment.

C'était Dempsi !

Gordon se laissa tomber dans la cour tandis que des coups de feu retentissaient : Bang !… Bang !…

Deux fois Dempsi tira. L'on entendit un hurlement de douleur. Diane, éveillée brusquement par ce cri, sauta de son lit… Tout en courant, elle serrait son peignoir autour de sa taille.

Elle arriva au bureau.

Au milieu de la pièce, Dempsi était debout. À ses pieds, Mr Superbus se tordait de douleur.

– C'est le prix du devoir ! articula gravement l'Italien.

C'était hélas ! la vérité.

En venant à Cheynel Gardens, Mr Superbus n'avait pas omis d'apporter avec lui les dix mignons petits orteils qui lui appartenaient en propre. Mais, à cette heure, l'un d'eux venait de se séparer brutalement de ses frères et de leur propriétaire, le patricien romain !

26. Souvenirs d'une mauvaise nuit

Dans le brouhaha causé par l'arrivée du docteur et les plaintes de Mr Superbus, Diane essaya de rassembler ses pensées. Elle se félicitait, malgré elle, de l'évasion de l'intrus. Évidemment, la perte du petit orteil de Mr Superbus l'affligeait presque autant que le digne

Romain lui-même qui se voyait ainsi privé d'un attribut sérieux sinon indispensable. Les larmes aux yeux, il ne cessait de gémir et de se lamenter sur le malheur irréparable qui lui était survenu. Il l'adorait ce petit doigt de pied, il le chérissait ! Que de souvenirs tendres ne lui rappelait-il pas ! Un jour il avait failli l'aplatir en laissant tomber un marteau dessus. Ce qu'il avait tempêté et blasphémé ! Maintenant, il regrettait son emportement. Pauvre doigt de pied ! Il avait été si gentil, si aimable ! Les autres, ses frères, avaient couvé en eux des cors et des durillons qui avaient bien affligé Mr Superbus. Lui, le pauvre cher disparu, il s'était toujours bien gardé de ces protubérances douloureuses !

Diane avait été vite rassurée sur l'état de Mr Superbus, car le médecin lui avait certifié que le digne détective devait avoir plus de peur que de mal. Au surplus, et sans oser se l'avouer, elle n'était point fâchée que Double Dan fût parvenu à s'enfuir.

Quant à Dempsi, cette fusillade nocturne avait eu le plus singulier effet sur sa faconde coutumière. Du coup, il cessa d'appeler Diane son adorée et le rêve de sa vie.

– Le fait est que le pauvre Wopsy n'avait jamais employé de browning auparavant, riait Bobbie… une fois qu'il a touché la détente, il n'a plus su comment il fallait faire pour l'arrêter !

– Pauvre Wop ! s'exclama Diane… ou plutôt, pauvre Mr Superbus !

Bobbie partit et revint peu de temps après le déjeuner. Il était allé chez son banquier et lorsqu'il revit Diane, Dempsi était absent.

– Eh bien ? demanda Mr Selsbury junior avec enjouement, le reste de la nuit s'est-il bien passé ?

– Mais oui. Avez-vous l'argent, Bobbie ?

– Oui, le voici.

Bobbie retira de sa poche revolver, une grosse liasse de billets de banque américains. Diane demeura songeuse, les lèvres pincées.

– À propos, j'ai reçu un télégramme de Gordon. Il est arrivé à Inverness.

– Tiens… Et comment va cette vieille branche de Superbus ?

– Pauvre vieux, rit-elle doucement. Je crois qu'il est presque consolé de la grande perte qu'il a éprouvée. Il me semble qu'il a déjà quelque tendance à se considérer comme un héros de la guerre…

Pour le moment, une chose le ronge… Que va dire son excellente épouse de la disparition du charmant orteil ? Je présume, à voir ses craintes, que Mrs Superbus doit les examiner tous les soirs pour savoir si le compte y est…

Bobbie ricana. Cela lui semblait si comique, perdre un doigt de pied !

– Plus rien de Double Dan ?

– Non, répondit-elle, je crois qu'il a disparu et bien disparu. D'après les traces qu'il a laissées, il a dû escalader le mur. Mr Superbus prétend qu'il avait un complice… Bobbie, après tout, je suis contente qu'il se soit enfui.

Bobbie regarda la jeune fille avec étonnement :

– Contente, mon dieu ? Et pourquoi ?

– Pour la jeune femme… (Le visage de Diane se couvrit d'un voile de tristesse.). Vous ne pouvez vous imaginer ce qu'elle a souffert à cause de lui, Bobbie. Il y a un monde de bonté, dans cette Héloïse… Mais elle a été subjuguée, dominée par ce bandit.

– En tout cas, il s'est échappé très lestement… Je suis descendu derrière Dempsi et j'ai tout aussitôt fouillé la cour et la maison sans découvrir âme qui vive.

Elle esquissa un geste d'indifférence.

– N'en parlons plus, voulez-vous ? Savez-vous que Dempsi s'est conduit avec vaillance ?… Je n'aurais jamais cru qu'un homme nerveux et impulsif comme lui aurait eu tant de sang-froid en face du danger. Il m'a demandé après, avec beaucoup d'intérêt, si j'avais averti la police. Je n'en ai encore rien fait. Il s'en va aujourd'hui.

– Qui ça ? Dempsi ?

Elle fit un signe affirmatif et ajouta :

– Et il prétend qu'il m'attendra mille ans, s'il le faut… C'est tout ce qu'il a dit aujourd'hui au sujet du mariage qu'il projette.

Hagard et fort peu séduisant, l'Italien pénétra dans la pièce :

– Bonjour, Mr Selsbury… N'avez-vous pas vu tante Lizzie ? Ah, je lui dois toutes mes condoléances… C'est terrible, lorsque des amants doivent se séparer… Ce Double Dan est donc parti… Et c'était Double Dan ! Mais Diane, notre chère hôtesse, n'a pas eu peur, n'est-ce pas ! Ah, c'était merveilleux… Dites-moi, qui était-ce donc... tante Lizzie ?

– Une amie, se hâta d'expliquer Diane.

Dempsi secoua la tête avec tristesse :

– Jamais, jamais de ma vie je ne me pardonnerai d'avoir amputé Mr Superbus d'un doigt de pied...

Bobbie rit.

– On dirait d'après vos paroles que vous lui avez logé une douzaine de balles dans la tête...

– Moi ? Ah ! j'admire Mr Julius Superbus !

– Il n'aurait pas dû dormir, fit Diane, il m'avait promis d'avoir toujours un œil ouvert pendant la nuit... J'avais si confiance en sa parole que je n'ai pas pris la peine de descendre pour faire une ronde...

À ce moment le bruit d'une canne dans le hall annonça l'arrivée de l'invalide. Mr Superbus entra. Un de ses pieds formait une énorme masse de bandages, de bourrelets et de coussins. Il marchait en s'aidant d'une canne et d'une béquille. Lorsqu'il vit Diane, il lui adressa un faible sourire. Dempsi le prit sous un bras, Bobbie sous l'autre, et ils le conduisirent au sofa, où il s'écroula en poussant de petits gémissements plaintifs.

– Vous sentez-vous mieux, Mr Superbus ?

Il secoua la tête.

– Doucettement, madame. Évidemment, je me sens encore un peu remué. C'est mon état chaque fois que j'ai été mêlé à une fusillade... Je vous raconterai un jour toutes mes aventures, mais pour le moment, je me demande ce que va dire mon excellente épouse lorsqu'elle s'apercevra qu'il me manque un doigt de pied !...

Il hocha lugubrement la tête. Diane essaya de le réconforter.

– Je suis certaine qu'elle ne fera aucune histoire, Mr Superbus... Vous savez, les femmes sont héroïques dans les moments de détresse... Et un doigt de pied de plus ou de moins n'est tout de même pas fait pour compromettre votre bonheur ici-bas, je suppose ?...

Mr Superbus, profondément ému, soupira :

– C'est une chose terrible quand on y pense, madame...

Ses lèvres tremblaient...

– Dire qu'hier encore, mon petit-titit doigt de pipipied était encore vivant et bien portant et que main-main-tenant... le voici abandonné... seul... voué à dieu sait quel sort... Où est-il aujourd'hui mon petitit doigt de pipied ?...

Mr Dempsi se couvrit les yeux de ses mains longues et fines.

– Dire que c'est moi le coupable ! sanglota-t-il presque.

– Ne soyez pas affligé, monsieur, prononça Superbus avec l'intonation d'un martyr prêt à être dévoré par les fauves... Cela aurait pu arriver à tout le monde... Mais j'aurais tout de même préféré que ce fût lui... ou elle... que vous eussiez abattu...

Les yeux de Diane s'agrandirent de surprise :

– Ou « elle » ? Qui vous fait penser ça ? L'autre personne était-elle une femme ?

– Peut-être...

À ce moment-là Julius n'était nullement disposé à se montrer plus explicite. En vérité, il n'était pas trop sûr de son affaire... Il avait dit « elle » comme il eût dit « Chinois » ou « Mésopotamien »... par un souci policier de soupçonner tout le monde à tout propos.

– Je ne puis faire aucune déclaration pour le moment, dit-il sombrement, tout sortira à l'audience...

– Que s'est-il passé, en réalité ?

C'était Bobbie qui posait cette question. Julius fouilla sa poche, en sortit un gros carnet de notes, l'ouvrit, chercha longtemps la page, puis lut :

« Vers 2 heures du matin, le 15 courant, je fus tiré de mon sommeil par le pressentiment que quelque chose allait arriver, par exemple, des voleurs ou des malfaiteurs. Sans hésiter, je me levai de mon lit situé à 67 centimètres et demi du mur... Le bureau était plongé dans une obscurité profonde, mais je distinguai une forme humaine. Au moment où je me précipitais sur elle pour l'arrêter... un ou plusieurs individus semblèrent surgir devant moi. Conscient du danger, je les empoignai... »

– Je suppose que vous avez entendu le bruit de la lutte ? demanda anxieusement Mr Superbus.

Diane n'avait rien entendu du tout. Bobbie secoua la tête :

– J'ai entendu quelque chose, mais j'étais trop loin.

Mr Dempsi, la tête penchée en avant, ne répondit pas.

– « Tout à coup, » lut Mr Superbus, « j'entendis un coup de feu et ce fut tout. »

– Mais vous dites qu'il devait s'agir d'une femme ? s'enquit Diane.

– Peut-être ? Mais ce pouvait être aussi un homme. Ce point-là sera éclairci lorsque je pourrai tout raconter en détail à l'audience… Pour le moment, je me bornerai à désigner les intrus par « une ou plusieurs personnes non identifiées »… Où est donc oncle Isaac ? Je ne l'ai pas encore vu ce matin…

– Mais Mr Superbus, lorsque vous avez empoigné les malfaiteurs, vous avez tout de même dû vous rendre compte si c'étaient des hommes ou des femmes ?… insista Diane.

Julius inclina la tête.

– En tant qu'homme marié, je dois évidemment le savoir, admit-il.

– Mais vous avez « empoigné » les malfaiteurs… appuya Diane.

– Dans un sens oui… Mais il y a le sens propre et le sens figuré, madame. Lorsqu'un homme empoigne une difficulté, la prend-il par l'oreille ou par le bras ? Non, n'est-ce pas… Lorsque je dis « empoigné », je parle d'une manière générale.

– Mais vous avez vu…

Ici, Julius se trouvait sur un terrain plus sûr :

– On aurait dit un homme… Et si vous voulez que je vous dise ce que je pense… Je crois que c'était l'oncle Isaac… Ne croyez pas un instant que c'était réellement l'oncle Isaac. Je veux dire qu'il lui ressemblait… Je ne veux jeter la suspicion sur personne…

– Vous devez vous tromper, Mr Superbus, dit la jeune fille.

– Il ou elle est passé devant moi et est parti par cette porte…

– Vous vous trompez, Mr Superbus, il ou elle est passé par la fenêtre et s'est échappé par la cour. On a trouvé la fenêtre ouverte.

– Tandis que je me trouvais à terre, blessé, continua Mr Superbus s'exaltant, je revis devant mes yeux toute mon enfance… mon école… mon instituteur… Le café où j'ai fait la connaissance de mon excellente épouse… la nuit où je l'ai aidée à ramener son père à la maison et à le coucher dans son lit…

– Oui, oui, interrompit un peu brutalement Bobbie… Vous avez passé de durs moments, Mr Superbus… Vous feriez mieux de nous dire comment il se fait que vous dormiez pendant que ces voleurs fracturaient le coffre-fort ?

Mr Superbus élargit des yeux stupéfaits :

– On m'aura donné un narcotique… J'en suis sûr. Mon café d'hier soir aura été drogué… car j'ai le sommeil très léger… Le moindre bruit suffit à m'éveiller…

Bobbie le regarda d'un air un peu méprisant.

– Alors, comment avez-vous entendu le coup de pistolet ?

Diane ouvrit la bouche pour protester, car réellement, elle trouvait la remarque de Bobbie offensante pour le digne Romain.

27. Double Dan !

Pressé de revoir son excellente épouse, Mr Superbus partit de Cheynel Gardens dans une auto de la Croix-Rouge.

Il aurait pu prendre un taxi, mais il préféra une ambulance et tout particulièrement une voiture qui portât le petit drapeau blanc à la croix rouge symbolique.

Julius Superbus sortit de la maison, emmitouflé dans des couvertures, étendu sur une civière, et souriant comme un mourant qui nargue le trépas :

– Je frissonne à l'idée de ce que va penser ma bonne épouse lorsqu'elle me verra arriver… La seule satisfaction que j'aie est celle du devoir accompli…

Lorsqu'il fut parti, Diane demanda à Bobbie :

– Qu'est-ce que ça vaut, un doigt de pied ? Il faut que j'envoie quelque chose au pauvre cher homme… 200 livres, serait-ce assez ?

– C'était un petit orteil, remarqua Bobbie, un gros aurait coûté davantage… Offrez-en lui toujours 200… en attendant.

Diane écrivit tout de suite à Mr Superbus. Elle était d'excellente humeur, malgré le coffre-fort fracturé, malgré l'ombre de la tragédie qui avait failli ensanglanter la maison.

Eleanor et la cuisinière étaient revenues assez tôt. Elle leur avait pourtant dit de ne pas rentrer avant mardi. Mais comme les servantes n'avaient pas bien compris les instructions de Diane, elles étaient rentrées le lundi pour être certaines de ne pas se faire attraper.

Penchée à la fenêtre, Héloïse vit Mr Superbus faire ses adieux dramatiques. Elle était dans un état très nerveux, Héloïse. Un rien la faisait sursauter et frissonner.

Diane finissait sa lettre à Mr Superbus, lorsque Mrs Van Oynne entra l'air dégagé. Dempsi était assis sur le divan et contemplait le foyer d'un air rêveur. Bobbie était dans sa chambre où il rédigeait des télégrammes suppliant Gordon de rentrer à Cheynel Gardens sur l'heure. Ces télégrammes, il les envoyait à tous les hôtels de Paris où, croyait-il, Gordon pouvait se trouver.

Diane releva la tête en souriant, sécha l'adresse de l'enveloppe et y colla un timbre.

– Parlez avec tante… avec Héloïse, dit-elle à Dempsi. Distrayez-la un peu.

– Quoi ?

Les méditations de l'Italien s'interrompirent brusquement.

– Oh, madame, s'excusa Dempsi, j'espère que les détonations ne vous ont pas éveillée ? Si oui, je vous dois mille excuses…

Elle secoua la tête mélancoliquement :

– Non, non… Mon esprit trop occupé par autre chose… Quelque chose que… que, réellement je ne puis expliquer… Dites-moi… Oncle Isaac est-il vraiment parti ?

– Oui.

– Oh, parti ! Disparu de ma vie ! C'est impossible !

Dempsi semblait à peine intéressé par les interjections d'Héloïse. Lui aussi paraissait être absorbé par d'autres pensées.

– Madame, fit-il enfin, vous êtes si triste ?

Le regard tragique d'Héloïse se posa sur lui.

– Triste… lorsque je pense à mon vieux papa et à la ferme paternelle du Michigan…

– Je croyais que c'était au Connecticut… releva Diane.

Mais Héloïse avait l'esprit vif :

– Maman habite le Michigan et papa le Connecticut, non c'est le contraire… Ils vivent séparés l'un de l'autre.

– Je comprends, dit la jeune fille, ils se sont séparés à l'amiable, sans doute ? Vous devez être contente de retourner en Amérique où deux maisons vous attendent ?

Héloïse regarda Diane avec suspicion. Elle se demandait si la jeune fille parlait sérieusement ou bien si elle se moquait d'elle.

– Ainsi, vous retournez chez vous ? demanda Dempsi.

– Oui, grâce à miss Ford, je vais me refaire une nouvelle vie… Un jour, j'espère que mon existence d'autrefois ne m'apparaîtra plus que comme un mauvais souvenir…

– Vous retournez en Amérique ?

– Oui.

– C'est un beau pays, fit rêveusement Dempsi.

Diane se leva et sortit.

Alors se produisit un coup de théâtre. Vif comme l'éclair, Dempsi se dressa. Son expression changea du tout au tout. Il regarda Héloïse d'un œil vif et perçant et dit entre les dents :

– L'argent… Où est l'argent ?

Héloïse jeta un coup d'œil vers la porte, un coup d'œil autour d'elle. Personne dans le bureau.

– Tu sais où est l'argent, Sally, continua-t-il. Parle ou bien…

Elle n'était plus triste, au contraire, ses traits reflétaient une colère terrible. Les mains sur les hanches, en une attitude de défi, elle fixa l'homme dans les yeux.

– Dan… tu es le plus adroit de tous… Tu ne m'étonnerais pas en pénétrant dans cette pièce, déguisé en puce savante. Mais je ne veux pas que tu t'attaques à cette innocente enfant… Espèce de rien du tout… Crois-tu que tu vas me rendre complice de ton ignominie ?… Qui a pris l'argent ? Mais c'est toi qui as pris l'argent ! Tu t'en es emparé et en même temps, tu as aidé ce fou à s'échapper. Je suis sûre que tu travaillais au coffre-fort lorsqu'il est entré.

– Tu mens, rugit-il fou de rage. Je suis entré après que tu eus enlevé l'argent. Je ne croyais pas tirer et je pense que j'ai commis là un acte bien stupide… Mais lorsque j'ai vu le type fuir par la fenêtre, je me suis douté de ce qui s'était passé… Il t'a donné l'argent pour que tu lui permettes de s'en aller !

Pleine de colère, elle montra ses dents blanches en un rictus de rage.

– Tu veux dire que c'est moi qui ai l'argent en ce moment ? Dans ma poche ?

– Parbleu !

Elle lâcha un profond soupir :

– Eh bien, mon vieux, tu en as du toupet. C'est toi qui as pris l'argent. Tu as tiré sur cette andouille de Romain lorsqu'il est entré dans le bureau pour voir ce qui se passait… Que faisais-tu avant ça, tout habillé, prêt à partir par le premier train en m'abandonnant ? Lâche ! Est-ce que je n'ai pas travaillé pour toi de toutes mes forces ? N'ai-je pas extrait, mot à mot, de Gordon, toute l'histoire de Diane ? N'est-ce pas moi qui t'ai donné tous les renseignements qui t'étaient indispensables pour monter ton coup ? Et tu me laisserais tomber comme cela ?…

Il ne répondit pas.

Elle crut remporter une victoire complète lorsqu'il se mit à faire des excuses.

– Il y avait 50 000 dollars dans ce coffre. Mais tout ce que j'y ai trouvé c'est un chèque barré aussi inutile qu'un sac de confetti… Il me faudrait deux jours pour le toucher. Et Selsbury sera ici ce soir.

– 50 000 dollars ! s'exclama-t-elle. Mais tu ne m'avais rien dit ! Tu prétendais qu'il y avait au maximum 1 000 livres à gagner dans cette affaire ! Et ce chèque, que représente-t-il ? De l'argent qu'elle devait à Dempsi. C'est grâce à moi que tu as su que Dempsi, avant de s'enfoncer dans la brousse, avait jeté son argent à Diane… Tu me dois tout, mon vieux, et tu ne veux pas partager ! Écoute… Tu vas être gentil… Tu vas me dire que j'ai raison et tu vas me donner cinquante pour cent des bénefs… Sinon… Je te fais prendre !

Il essaya d'atermoyer :

– Sally, Sally… examinons le fond des choses… et…

– Tu crois que c'est moi qui ai l'argent, hein, Dan ?… Es-tu certain que si je l'avais, je perdrais mon temps ici ?

– C'est vrai… Alors, qui a ouvert le coffre ? Pas Selsbury ?…

– C'est toi.

– By Jove ! Je te jure que je n'ai pas pris l'argent !

La porte s'ouvrit. C'était Diane. Elle avait oublié de joindre un chèque à la lettre qu'elle avait écrite à Mr Superbus…

– J'adore la campagne, fit Héloïse… Oh, le chant des geais bleus… et les nuages voguant majestueusement dans le ciel… Il n'y a rien de tel que cela, Mr Dempsi…

– Mais il me semble que c'est la première fois que je vous vois parler ensemble, observa Diane avec un sourire.

Et elle sortit.

– Écoute Sally, nous n'allons pas laisser tomber l'affaire, n'est-ce pas ?… Quelqu'un a pris l'argent… Peut-être Selsbury. À propos, pourquoi donc es-tu venue ici ?

– Je suis venue ici lorsque je me suis aperçue que tu voulais m'évincer… Je te connais, Dan, tu as une mauvaise réputation dans notre milieu… Tu n'es guère honnête.

Il éclata de rire :

– Et toi, tu n'as guère bien manœuvré… Comment as-tu laissé revenir ce Gordon ici ?

– Ça m'est égal… L'essentiel pour moi était d'être tout près de l'argent que tu voulais me rafler sous le nez sans m'en donner un sou.

Dan se tut. C'était un philosophe.

– Enfin, il n'y a rien à faire… Nous partagerons. Mais selon nos anciennes conventions… Moi soixante-dix pour cent, toi trente…

– Soixante-dix… trente ! J'admire ton sang-froid, Dan… Mais je suis blindée… La moitié ou rien !

– Écoute, sois raisonnable… J'ai rendu le chèque de Dempsi à Diane… Elle va le faire encaisser et me donner l'argent… Veux-tu attendre ? Dans une demi-heure, les fonds seront là… Ça va, moi soixante pour cent, toi quarante ?

– La moitié, répéta Héloïse fermement.

La discussion continua pendant une dizaine de minutes, mais la femme triompha.

Eleanor, cherchant sa maîtresse, quelques minutes après, la trouva dans la chambre de Gordon, arrangeant le linge de l'armoire :

– C'est le pasteur, miss…

– Le pasteur !

Le cœur de Diane battit.

Eleanor tendit une carte de visite. Machinalement, Diane la prit, lut, puis relut, se passa la main sur le front : *Le révérend Giuseppe Dempsi, Vicaire de Bathurst.*

– Le révérend Giuseppe Dempsi ! dit la jeune fille à voix haute.

Une seconde après, elle descendait l'escalier en trombe. Elle le reconnut tout de suite, le Dempsi d'autrefois… Elle l'aurait reconnu partout… à ses yeux bruns, à la flamme qui y luisait.

– Diane ! s'exclama-t-il. Après tant d'années !

– Mr Dempsi… C'est vous ! Ah, si vous saviez comme je suis heureuse de vous voir ! Dempsi, le vrai Dempsi !

Mais alors… l'autre… qui était-il ? La solution de ce mystère pénétra en elle comme un trait de lumière.

– Je suis déjà venu plusieurs fois pour vous voir, expliqua Dempsi. Voyez-vous je n'ai plus que quinze jours à passer en Angleterre. Ma paroisse se trouve tout près de Melbourne. Diane, je me demande si vous me pardonnerez jamais les ennuis que je vous ai causés ?… (Il sourit et continua :) Quel enfant j'étais ! Oui, je me suis enfoncé dans la brousse, décidé à mourir… Puis j'ai réfléchi… Je suis arrivé, je ne sais comment, dans un couvent où j'ai été admis à poursuivre mes études… Je n'ai jamais regretté mes vœux !

Elle le regarda avec appréhension.

– Vous avez l'air plus doux maintenant, père Dempsi… Et… dites, Wopsy… vous savez que j'ai encore beaucoup d'argent vous appartenant ?…

– Je-je me demandais s'il en restait encore… Le fait est que… J'aurais besoin d'un peu d'argent maintenant… Il n'y a pas d'orgue dans mon église…

Elle était joyeuse… surexcitée…

Tout à coup, elle vit venir Bobbie à pas rapides.

– Diane, commença le jeune homme…

Derrière lui se tenait Gordon. Un Gordon habillé sévèrement. Diane, surprise, courut à lui et sans se rendre compte de son geste l'embrassa… Gordon lui rendit son baiser sans paraître le moins du monde embarrassé.

– Gordon, connaissez-vous le révérend Giuseppe Dempsi ? Mr Dempsi dont je vous ai parlé plusieurs fois ?…

Gordon regarda le religieux avec surprise :

– Le révérend Giuseppe Dempsi ? Je croyais que… euh…

Il prit la main que lui tendit le pasteur souriant.

– Comment allez-vous ?

– Diane et moi sommes de vieilles connaissances, je puis même dire de vieux amis, expliqua Dempsi.

– Extraordinaire !…

C'est tout ce que put dire Gordon.

– Mais, fit Diane, comment cela se fait-il que vous soyez déjà ici, Gordon ? Ce matin j'ai reçu le télégramme que vous m'avez envoyé d'Inverness…

– Je suis revenu en avion, dit Gordon rougissant, j'avais l'impression que quelque chose se passait ici.

– C'est vrai !… Comme vous êtes sensitif ! Tiens, cher, vous avez fait raser vos favoris ?

Il hocha la tête, gravement.

– J'ai pris cette décision dès l'instant où vous m'avez dit que vous n'aimiez pas ce genre d'ornement facial…

À ce moment, Eleanor ouvrit la porte à un gentleman grand ! et large d'épaules :

– Miss Ford est-elle là ?

– Oui, monsieur, mais elle est occupée.

– Je suis l'inspecteur Carslake, de Scotland Yard… Je voudrais jeter un coup d'œil sur le coffre-fort qui a été fracturé la nuit dernière… Il n'est peut-être pas nécessaire de déranger miss Ford.

Eleanor fit entrer le détective dans le bureau.

– … partirai par le premier train, disait, dans le bureau, le faux Dempsi, nous partagerons plus tard…

– Nous partagerons avant de nous séparer, répliqua sèchement Héloïse. On ne sait jamais ce qui peut arriver…

Le visiteur entra. Héloïse le reconnut à l'instant. Saisissant un journal ouvert, elle tenta de se dissimuler derrière les pages, en prenant la posture de quelqu'un absorbé dans la lecture.

– Restez ici, dit « Dempsi »…

Puis lui aussi, il vit le détective. Les deux hommes se reconnurent.

– Cette barbe, dit Carslake ne m'est pas familière, mais ces yeux vifs… Ce nez aquilin appartiennent à mon vieil ami Dan Throgood, alias Double Dan.

– Je crois que vous vous trompez, dit « Dempsi » avec morgue.

– C'est votre travail, ça ? demanda Carslake en contemplant le coffre-fort.

– Non, je ne m'occupe pas de turbin pareil. Vous n'avez rien à me reprocher, Carslake, je suis ici en qualité d'hôte de Mr Selsbury.

– Et maintenant, vous allez être l'hôte du Roi, dit Carslake en prenant des menottes dans sa poche.

Plus tard, dans la journée, un autre inspecteur se présenta au n° 61, Cheynel Gardens, pour y arrêter une certaine Sarah Chowster, alias Héloïse Van Oynne. Mais Héloïse avait disparu. Personne ne savait où elle était passée.

– Puis-je voir miss Ford, demanda le policier, ou Mr Selsbury ?

Eleanor le pria de patienter un moment, se dirigea vers le bureau, et avant d'entrer, écouta à la porte…

– … Gordon… J'étais bien décidée à retourner en Australie, disait une douce voix de femme.

– Et moi, répondit Gordon, je vous suivrai au bout du monde… Et à mon tour, je me perdrai dans la brousse pour vous.

Il y eut un long silence.

Eleanor ouvrit la porte d'un centimètre et jeta un coup d'œil à l'intérieur. Puis elle retourna vers le détective.

– Mr Selsbury et miss Ford sont en conversation, fit-elle simplement.

ISBN : 978-3-98881-943-7

Milton Keynes UK
Ingram Content Group UK Ltd.
UKHW041835201024
449814UK00004B/417

9 783988 819437